Tener la carne

Tener la carne

Carla Nyman

R

RESERVOIR
BOOKS

Papel certificado por el Forest Stewardship Council®

Primera edición: octubre de 2023

Printed in Spain – Impreso en España

ISBN: 978-84-19437-44-0
Depósito legal: B-14.704-2023

Compuesto en La Nueva Edimac, S.L.
Impreso en Liberdúplex
Sant Llorenç d'Hortons (Barcelona)

RK 37440

Äidille

Yo te parí, pero vos me podrías haber parido igual, ¿no es cierto?

Ariana Harwicz

¿Harás maravillas a los muertos? ¿Se levantarán para alabarte? ¿En el sepulcro se hablará de tu amor y de tu fidelidad en el abismo destructor?

salmos 88

Playa de Garrucha,
24 de agosto de 2021

A medida que se iban apagando sus funciones primarias, yo me sentía más y más amada. Esos ojitos escuálidos de bicho de carretera. Él había rendido todas sus facultades a mí. Su cuerpo todo dirigido hacia mí. Con la cabeza inclinada, las rodillas orientadas hacia mi cadera derecha. La mirada cerrada en un único punto: yo. Y allí permanecí, al otro lado, observándolo con el máximo cariño que se le puede profesar a un muerto.

Un cuerpo almacena muchos fluidos y órganos, su señoría. Por no hablar de los ruidos intestinales y el peso de los huesos. ¡Un escándalo! Ni sistema respiratorio ni digestivo. Ya no había nada que pudiera interrumpirnos. Solo yo al otro lado. Y ese otro cuerpo, ¡el suyo!, enteramente abandonado a mí. ¡Gracias!

Prueba n°1

5 de agosto de 2021

Su Señoría

CONTESTADOR: «El teléfono móvil al que llama está apagado o fuera de cobertura en este momento. Si lo desea, puede dejar un mensaje después de la señal. Piiiiiip».

Si en el buscador de google usted introduce las palabras «páginas amarillas» y a continuación «audiencia provincial», aparece su nombre. Su nombre entre otros muchos nombres insignificantes. Yo no sé por qué razón me anticipé, dije este es él, sí, este. Me encapriché con usted, con la curvatura de alguna de las letras que componen su apellido. Nada de erres o consonantes demasiado sonoras, ¿entiende? Un nombre suave que se acomoda bien a la boca. Me gustó pronunciarle, así, golpeando la lengüita en los dientes y luego en las encías y sacarla al frescor de fuera y volver a ocuparla dentro, muy dentro, para mí. ¡Glup! Me conmocionó. Decirle en voz alta. Así, abriendo una vez más la boca para sostenerle de nuevo en mi interior. He probado este movimiento labiodental unas cuantas veces para estar segura, para saber que. Qué placer. Fue suficiente para convencerme. Me convenció entender que solo alguien a quien se le puede llamar así, con esa moderación en el paladar, debía de ser quien nos acompañara a mi madre y a mí en una transgresión como esta.

He marcado su número de teléfono varias veces. Siento mucho seguir llamándole a su casa y a estas horas irrespetuosas, pero me salta el contestador cada vez que espero un último pitido y detrás su voz, al fin su voz. Las expectativas son altas. Pero tampoco se haga de rogar. Yo comprendo que es un oficio solicitado el suyo. Y que debe ser cuidadoso y equitativo con la atención que pone en cada uno de los acusados de su tribunal. Pero debe comprender que esta situación es diferente. Yo le voy a ir ofreciendo todas las declaraciones de antemano, punto por punto, antes de que se abra el caso y pueda barajarse una presunta denuncia. Para que pueda comprobar que es un trabajo limpio y razonado el que estamos llevando mi madre y yo. Y lo voy a ir compartiendo cuidadosamente con usted, solo con usted.

Entiendo que en cuanto conozca la historia completa me disculpará. El germen de esta contrariedad se remonta a principios de mayo, el día en el que mi amor se cortó las uñas y las dejó sobre la mesa. Me pareció una falta de respeto. No por lo obscena que pueda resultar la imagen —a mí me fascinaban sus uñas largas, sus uñas decrépitas, sus uñas amarillas a medio cuidar, ¿sabe?—, sino por esa repentina emancipación. De pronto hubo un cambio en sus rutinas culinarias, en su fisionomía. Arrancarse las uñas desequilibra el balance de un cuerpo, su señoría. Arrancarse las uñas así, con esa sofisticación de manicura francesa, solo me pudo llevar a pensar que su cuerpo se estaba transformando, que su cuerpo se había convertido ya en otra cosa que poco tenía que ver conmigo. La verdadera obscenidad está en ir dejando los residuos de lo que fue su cuerpo junto al mío. En ir proclamando una despedida en cada corte, zas, en cada corte, ¡zas zas!, qué despropósito, y así, delante de mí, dejando el cadáver desparramado, por si todavía no era evidente que algo se había roto. Ese atrevimiento de ir desechando aquello a lo que una está acostumbrada y abandonarlo allí, sobre la mesa. Hubiera preferido una carta, no sé, una notita donde expusiera llanamente que había conocido a otra o que estaba desencantado con mi compañía; no la prueba justa y clara de que una parte de él estaba ya fuera, fiiiu.

Ahora sus uñas me parecían extraterrestres, incapaces de corresponderme. Muy nuevas e independientes, ya no había manera de entenderlas. Eran otras uñas. Comprenda, su señoría, que el día que decidió cortarse ese revestimiento córneo de los dedos, la distancia entre él y yo se alargó unos milímetros. Sus uñas ya no encontraban mi piel con esa frecuencia exacta de los enamorados. Les faltaba ese poco para tocarme. Estaban ya muy lejos de mi epidermis, retrotraídas. Cuando los cuerpos buscaban estar juntos, piénselo, acostumbrada a encajar perfectamente la queratina del dedo con la superficie de mi carne, dejaban un hueco, un boquete enorme en mí. ¡Y esa distancia ya era insalvable! Qué temeridad la suya.

Así que no lo pensé mucho más. Limpié el desecho con un cepillo y metí su cuerpecito, sus uñas, lo que todavía me pertenecía de ese cuerpo ya alienígena, en una bolsa diminuta de plástico. Y entonces comenzó el juego.

Todo esto que le cuento continuó en nuestras vacaciones junto al mar. Mami y yo solemos veranear en la playa de Garrucha, en Almería. ¿La conoce? Está usted invitadísimo. Estos días los pasaremos aquí para despejarnos de este trajín. Cansa mucho infringir la ley. Lleva a pensar demasiado las cosas. Le seguiré llamando. Tal vez consiga localizar su dirección. ¿Le gustaría comenzar una correspondencia conmigo?

Un beso,

C.

Prueba n°2

5 de agosto de 2021

Nuestro agujero

Tiene que saber que desde entonces somos muy higiénicas, su señoría. Mami y yo nos untamos las manos con productos de limpieza, frotamos frotamos frotamos muy fuerte, ras ras ras, también la cubertería, por si acaso. Mami y yo en la bañera nos enjuagamos los codos, los pies, las ingles, yo te doy por aquí un poco y tú me das por allí, ¿llegas a ese otro lado? Y miro muy fijamente la piel rasurada de mi madre, cómo separa con fuerza sus labios y sus nalgas para pasar la esponja y el jabón por las ranuras más profundas. Insistimos mucho con el lavado genital, con explorar y saber muy bien qué pasa, todo lo que puede pasar en una carne abierta, cortada. Conozco perfectamente el aspecto de nuestro agujero.

Me causa mucha curiosidad pasearlo todos los días, amenazado por los envites de algunos hombres. Porque usted sabe cómo son algunos hombres. Con esa longaniza azarosa. Me pongo a pensar en mi abertura y, como digo, me causa mucha curiosidad pasearla de aquí para allá todos los días, con una generosidad descomunal por contar con el poder de expulsarlo

16

todo, plof plof, y de absorberlo todo, gluuuup. Que la fuerza de un cuerpo se concentre en ese único punto me fascina. Me lo miro en el espejo unas dos o tres veces al día, así, dada la vuelta me miro en el espejo y entiendo esa área que de normal me es inaccesible. Como comprenderá, su señoría, en el autobús, en la calle o en el supermercado no me puedo tomar la licencia de agacharme y mirar. Las longanizas al menos se palpan con la mano, así, pálpesela y verá. ¿Lo siente? Yo debo meter los dedos para adivinar el boquete que tengo bajo la ropa.

Me encanta saberlo todo sobre mi agujero. El tamaño, la profundidad, el olor. Y pienso muy a menudo en mami, en la abuela, en mis bisabuelas y en sus agujeros. Creo que es importante saber por qué demonios este orificio acoge a hordas de humanidad. ¡Venga! ¡Vamos! ¡Pónganse en fila y adelante! ¡Uno por uno! A mí me gustaría saber por qué lo metimos todo, lo metimos todo muy adentro.

A veces me viene a la cabeza una imagen alucinante. Tiene que ver con esto que le cuento. Cuando nos lavamos, chus chus, y miro la vagina de mi madre, pienso en todos esos hombres que entraron uno por uno en todas nuestras vaginas, me los imagino hermanados todos, entrando en tropel, bailando y cantando, como tiroleses alpinos en el Oktoberfest de Múnich, dentro de nuestros úteros. Montando fiestas salvajes, muy contentos ellos, conociéndose y brindando por la vida y los flujos vaginales. Y me pregunto mucho por qué ninguno supo, por qué con ninguno supimos hacerlo bien, su señoría, por qué siguen ahí, irremediablemente ahí, nostálgicos y agarrados a las paredes de todas nuestras vaginas, cien vaginas al aire ondeando como banderas.

Todo lo demás en el cuerpo puede ser accesorio. Yo me lo noto mientras sigo frotándome la boca, luego el tobillo. Zonas indiferentes que desaparecen de mi piel en cuanto las he dejado de mirar. Pero mi orificio es irrechazable. Sigue ahí. Constantemente ahí. Soy una carne con agujero.

Dale al suelo con la fregona, me dice mami, y no te olvides de las paredes. Colocamos el vaso en el escurridor. Lo más complicado es llegar a las marcas de los dedos en la piscina, el baño, la encimera. Debe saber que los electrodomésticos de acero inoxidable, aunque disfruten de esa apariencia refinada, se conocen sobre todo por lo antiestéticas que quedan las huellas dactilares en su superficie. Agarramos la esponja, el trapo, y con un poco de vinagre y una cucharadita de amoniaco nos echamos sobre las manchas y frotamos, ras ras. No sé, señor juez, si en Garrucha tendrán la tecnología necesaria para abrir una investigación como esta. Sea como sea, nadie limpia de manera tan eficiente como mami y yo. Así que, por si acaso, también nos echamos sobre él. Lo sacamos de la piscina, y con trapos y chorros de zumo de limón estrujamos todo el mejunje encima de él así, flus flus, en su cuerpo, flus flus, y un poco de aceite de oliva y agua con gas también, primero las orejas, el agua de la garganta, le quitamos el exceso de agua de la boca, yo me lo bebo por ti, amor, y luego lo secamos desde los pies hasta dejarlo impoluto y aseado, y lo sentamos en la hamaca con dos pepinos cortados sobre los ojos para que descanse de todo el ajetreo.

Mami y yo tumbadas en el suelo, mami y yo ardientes y sudorosas, mami y yo perras descuidadas. Las dos bellas y aún un poco exhaustas, hartas de discutir, solo deseamos pensar en cómo va a ser nuestro verano a partir de ahora. Diseñamos el recorrido por las playas de Vera y Mojácar. E inventamos la figura de un gentleman, deseamos pasear de la mano de un gentleman o salir a bailar a un antro muy cutre y esperar a que aparezca otro hombre por la puerta y nos busque furtivo hasta el lavabo, donde estamos echando chorros de pis. Hola, encantadas, qué sorpresa, puede usted sentarse aquí, señor, o tirarse encima de las dos, o apretujarnos a las dos contra la pared, y todo estará bien. Mami y yo nos lanzaremos miradas de complicidad durante la ocupación. O simplemente querremos bailar otro rato, con o sin el longanizo. Es verano, nos diremos, ¡es verano!

Hay algo en todo esto que nos pone muy felices. Sentirnos con ganas de correr calle abajo, llegar a la playa, lanzarnos al mar, echarnos agua, en lugar de las culpas, y pedir copas y más copas en el chiringuito Pepe, ¡camarero!, volver a casa mareadas, tener la imagen de alguien muy bruto encima con los testículos colgando nos gusta.

Prueba n°3

6 de agosto de 2021

Vamos a la playa
(A mí me gusta bailar)

Mami nos grita desde la orilla, ¡eh! No quiere que me lleve a Bruno tan hondo. No quiere que empecemos a parecer dos bolinches en mitad del mar. Sí. Usted ya sabe su nombre. Este es. Bruno, Brunito. Poco a poco irá sabiendo. No se impaciente.

A nosotros nos gusta la natación, levantar un brazo, luego el otro, así, bien, izquierda, respiro, derecha, izquierda, respiro, derecha. Y mientras tanto, el meneo de los pies. Mamá quiere que salgamos un poco, que lo seque bien porque si no va a comenzar a arrugarse. Le preocupa el peso. Sepa, su señoría, que cuando un muerto pasa mucho tiempo bajo el mar absorbe una cantidad desmesurada de agua y se hincha como un globo. Como un cachalote. Y a nosotras nunca nos gustaron los cetáceos.

En la orilla mami nos ofrece un bocadillo. Yo intento compartirlo con él, pero es difícil abrirle esa boca de fiambre. Y entonces mamá me pregunta por la dieta, ¿comes bien?, por la casa, ¿no es muy grande para ti? Me dice que tiene una amiga que regala perros o gatos o hurones. Quiere hacerme sentir ridícula, vulnerable, hasta que acabe confesando que estoy sola, depresiva, que soy una inútil, que quiero morirme o caer rendida en los brazos de mami, volver a casa como un chucho apaleado y pegar mi entrepierna a su rodilla. Eso quiere. Asume todo el rato la responsabilidad de tener que reconstruir una mesa a la que le falta una pata, un plato con una grieta, a una mujer que por lo visto no sabe vivir sola, a la que no le resulta fácil estar sola, ni siquiera un momento. Y entonces, la pregunta: ¿por qué no te vienes a vivir conmigo? Aquí estamos, le digo, aquí estamos, todo el rato juntas, siendo tú y yo la misma.

Ya le digo, su señoría, que el atentado comenzó a principios de mayo, más o menos, el día en que mamá me pide que me quede con ella. Que le cuente qué me pasa. Que me ausento muchos días y vengo a visitarla como desmayada. No se puede dejar de ver a un hombre cuando una está fanática. Es absorbente. Algo letal. Y ahora me abrazo a mi madre. Un cuerpo compañero. Y acabamos sacando las palas y el fermento, ¿ve?, y excavamos un buen hoyo del tamaño de un hombre voluminoso, y se confunden las malas intenciones con los juguetes de los niños.

Somos tan culpables mi madre como yo, su señoría.

Deberías haber venido con flores y chocolate aquellos días, me dice mami mientras rasco con la pala y salen conchas y un poco de mar del fondo de la fosa. Se te debería haber quitado el hambre y deberías haber reído todo el rato sin motivo alguno, me dice. Tener novio, alguien con quien compartir, te debería hacer feliz. Querrías abrazarme y yo lo haría. Y saldríamos a pasear más a menudo por el bosque, dando zancadas y saltitos de boba, y querrías hablarme solo de él. Yo la miro y noto algo de pena en todo. No he visto nada de eso en mamá desde que la conozco. Te lo dije, me grita. Estaba harta de tus edades de niña, me grita, siempre empezando desde el cero en adelante. Cuando te vi asomar por ahí abajo, deseé con todas mis fuerzas que salieras ya muy grande, mayor y treintañera. Y que pudiéramos estar así. Perseguidas por la ley, mamá. No, así, mayorcitas las dos. Igualadas en edad. Casi igualadas. Y hablando de las cosas que importan. He tenido que tragarme épocas tuyas acompañándote a la piscina, viéndote chapotear mal y cayéndote de la bicicleta, diciéndome: paciencia, paciencia, esta cría crecerá, como crecen todos los críos del mundo. Y así te tragué después de parirte, con este vientre sacado hacia fuera, protegiéndote de todo. Pero yo quería otra cosa, te quería ya mayor, espabilada, muy gorda y sabia desde la primera contracción, quería quitarte la infancia de encima, así, plas.

Corremos a la orilla del mar y saltamos las olas. Hacemos juegos con las palas, tapamos el hoyo con más arena y flores y almejas. Y comprobamos que Bruno encaja bien ahí dentro, un poco más, mamá, que se le sale un dedo, mamá, ¡el manubrio, hija!, a ver si ahí dentro sí cabe. Nos reímos. Después de nadar un rato, su señoría, ella se duerme. De entre todas las cosas que se me ocurren, he pensado que puedo dejarla achicharrándose al sol. Puedo ver cómo su piel adquiere quemaduras solares, arrugas, hinchazón, ampollas, pigmentaciones, cambios de la textura. Puedo dejar que su piel se vuelva cancerígena. También puedo acostarme a su lado. Ir valorando el porcentaje de la superficie del cuerpo afectada. O puedo despertarla y jugar otro rato a las raquetas.

Prueba n°4

20 de mayo de 2021

Algo quiere salir y lo va a hacer

Primero fueron las uñas.

Después, la diarrea.

Le prometo, su señoría, que no acostumbro a imaginarme en escenarios propensos a la mierda. Sepa también que mi nivel de higiene y aseo personal es elevado. Sin embargo, todo en esta vida puede ser.

Dos meses antes de nuestras vacaciones en Garrucha, Bruno ya se estaba excediendo en sus transmutaciones antropomórficas, como ya le conté. Después del incidente de las uñas, yo me dedicaba a mirarle los dedos varias horas al día, para comer, cenar. En el lavabo me arrimaba al bidé y, con la excusa de exigirle mayor higiene, comprobaba cómo movía esas falanges de mentira, cómo se chupaba esas falanges de Judas. La mano, yo no lo sé muy bien, debía de ser suya, pero. Era dócil y obediente, se dejaba observar, pero. La mano de antes ya no estaba. Así fue como fui aprendiendo la ruptura.

Otro día, metida en la cama, sin pegar ojo, me dio por hacer algunas comprobaciones mientras él jugaba al candy crash en el móvil, y con mucha cautela fui tocando sus dedos, sus articulaciones, calculando el tacto, la temperatura, ¡estaban frías, gélidas!, con la excusa tórrida de que me había despabilado con las ganas de lamerle el fémur, la ingle, no sé, a ver si así entraba en calor ese témpano de hielo. No sabía por el momento, su señoría, que ya estaba, de alguna manera, anticipando el termostato de un muerto.

Sospeché tanto de ese levantamiento, de esa sublevación repentina de sus dedos, de las uñas de sus dedos, unos dedos mutilados, zas, y ahora, también, ¡siberianos!, que me afané más y más. Él, todavía hipnotizado por la partida del Pou o el FIFA 2000, se dejó hacer, y le abrí la boca, así, con la baba columpiándose en el labio, y aproveché para pegarme muy rápido a su lengua, chupando toda la saliva de su mandíbula, por ver, por comprobar si algo en el sabor también había cambiado.

Él, por supuesto, debía de estar imaginándome muy perra y caliente, mientras yo seguía apretándome contra su cuerpo o apretando su cuerpo, para estudiar las medidas, para repasar cada centímetro traidor, y así le pedía que me agarrara, que me tomara, inmovilizándole la mano, ¡el dedo!, y entonces él se atrevió a decírmelo, se atrevió a decirme que tenía que evacuar.

No sé si por la fuerza del estrujamiento o por qué sería, pero se metió en el baño y yo esperé, quieta en la cama, le esperé.

Pensé en la posibilidad de haberle manoseado tanto, de haber forzado tanto su metamorfosis, que tal vez su cuerpo en ese momento estuviera regurgitándose a sí mismo para volver a su estado primigenio. Muy victoriosa pensé en el control de los esfínteres y en la sabiduría indiscutible de la naturaleza: la diarrea se impone triunfante sobre cualquier mal hábito o anomalía. Devuelve todo a su lugar. Iba a ocurrir. Estaba claro. La mierda me devolvería a Bruno, a un Bruno primigenio, a un Bruno primero, a un protobruno, ¡al primero!, al de siempre, así, del mismo modo que vienen los niños, entre heces y orina (esta frase, su señoría, la leí en una web de remedios para el estreñimiento: «10 laxantes caseros que funcionan rápido». Normalmente se atribuye a Agustín de Hipona, aunque con mayor probabilidad pertenece a una homilía de Bernardo de Claraval, un monje francés de la orden del Císter).

Y así lo esperé, lo esperé entusiasmada.

Lo esperé.

Lo esperé.

Pero mami tiene razón cuando me dice, cuando me regaña y me dice deja de ser idiota, abre la puerta, me hubiera dicho, y mira qué hace el tontolaba, entonces acerqué la mano como subrayada por su hilo de pensamiento, la oí decirme está tardando mucho, ¿no te das cuenta, tonta?, y entendí la sospecha, se encendió otra vez la sospecha, una sospecha heredada, su señoría, era imposible escapar de algo así, y agarré el pomo con mi mano, que era de mi madre a la vez, su señoría, una mano confusa, dos manos en una, una mano atravesada por la suya, una mano amalgamada en la otra, nuestra doble mano abrió la puerta, y yo todavía con la pizquita de esperanza, la pequeña convicción del milagro santísimo del culo, abrí la puerta, abrimos la puerta, y ahí estaba el puerco meneándosela con una mano y la otra pegada al teléfono, y alguien al otro lado de la línea. Cerré la puerta muy rápido, él no lo pudo saber, estaba estirado hacia atrás como un gato, echando chorros de lefa, una lefa tránsfuga, y entonces pensé, su señoría, pensé, la mierda no me devolvería a bruno nunca, el semen, en cambio, su semen, me había separado definitivamente de él.

Prueba n°5

22 de mayo de 2021

Mamá dijo

Te lo dije. Evalúa. Compara las veces que te hablaba antes con las de ahora. Estudia su agenda, persíguelo, llámalo a todas horas para escuchar qué anda haciendo, qué suena de fondo. Te avisé. Ahora te besa menos, ¿verdad? Apunta en un cuaderno la frecuencia. Una columna con fechas antiguas y buenas. Otra con el día de hoy. Y compara. Compara. Y luego se lo dices. Le dices que es un cerdo, un marrano por no cuidarte como debe. Y no esperes ni un segundo, ¡ni uno!, a que venga a buscarte con - con nada de bombones de gasolinera. Con una justificación bien armada. Estoy cansado, el trabajo, la pierna, el fútbol. No me vale. Me secuestraron en dos redadas diferentes dos piratas berberiscos de la República de Salé bajo el mandato de un holandés renegado. En una perdí el dedo pulgar y en la siguiente toda la mano. Capturaron cerca de cuatrocientas personas para vendernos como esclavos bajo la soberanía otomana. A eso se debe mi demora. No volverá a pasar, mi amor. Una cosa así. Sencilla. Lineal. Arrepentida. Te tiene que contar que se ha equivocado, que por esto le enganchará un castor por el glande, y que así te cocinará el desayuno, la comida, la merienda, la cena y el postre el resto de vuestros días y así hasta el entierro del órgano viril. ¿Y qué pasa en la cama? Porque ¿sabes qué pasa? Te lo voy a decir yo. Él se sube, eyacula y ya. Plof. Plof. Pues sí, plof, eso digo yo, plof.

Prueba n°6

25 de mayo de 2021

@paloma89

Cerca ya de nuestras vacaciones de verano, mamá me pidió que me fuera a su casa, que me tomara un tiempito para no pensar demasiado en él. Aguanta, hija, aguanta sin el tormento de su miembro. Y yo me concentraba en el cloro, en los manguitos, ¡ya no necesito manguitos, mamá!, en el colchoncito elástico que compramos cuando era niña. Pero todo servía de poco. Él estaba raro. Ausente. Más de tres años juntos y era la primera vez que. A mí estas cosas antes me importaban un pimiento, que conteste cuando quiera, pero ahora, ahora parece que me lo esté inventando todo, que él no me conoce, que estoy loca. Y todo era lunático y desquiciante, su señoría. No me buscaba ni insistía en que volviese, pero cada mañana me enviaba un mensaje, me daba los buenos días y yo me pegaba a eso como un marsupial. Pensé, tal vez no tenga tiempo, el trabajo, el cambio horario, la lumbalgia, qué diablos es la lumbalgia. Me pasaba los días comprobando si estaba en línea. Agarraba el móvil. Miraba la última conexión. ¡A las 14.02! ¿Qué tan interesante puede ocurrir a las 14.02? Y no crea que soy una maniática, es que él nunca tuvo por costumbre un flechazo así con el teléfono. Después de desayunar, 9.13, después del baño, 10.32, después de hurgarse la nariz impetuosamente, 11.27, después de la masturbación, 15.04, después de darle la vuelta a los huevos fritos y al bistec, 21.56. Estaba enamorado, seducido por el móvil. Pero yo me retorcía el cerebro, este que solo se inclinaba por un único pensamiento, y me lanzaba a comer, a llenarme la boca de otra cosa que no fuera. Todo lo que no fuera su genital coleando en mi garganta me dejaba intranquila, su señoría. ¿Usted entiende? Perdone por los improperios.

¿A quién le reservaba las oraciones largas? Conmigo parecía que no las quería agotar. Las fases del rechazo son las siguientes:

1. Las últimas veces que lo notas un poco distinto os quedáis de pie besándoos. Le has traído una caja de confituras. Para ver si percibe un cambio. Al cabo de un rato te dice que tiene que irse un momento. Que ha olvidado algo. Mientras tanto lo esperas rodeada de vuestras cosas. Das vueltas por una casa que conoces muy bien, pero que cada vez se parece más a un sanatorio, un loquero, un. Te arrinconas junto a la ventana esperando verle llegar o escuchar sus llaves cerca de la puerta. Cuando lo ves aparecer, piensas: ¡menos mal!
2. Te dice que te va a llamar a lo largo del día. Esperas un rato, sin despegarte del móvil. Compruebas cada cinco segundos que el cacharro no está en silencio. Al final, atardece, decides escribirle tú, llamarle tú. No te dice nada hasta al cabo de dos horas: mejor te llamo mañana.

Yo no pude más, no aguantaba esta sensación de estar repitiendo en mi cabeza nuestros días juntos, como si ya los hubiera dado por clausurados en el presente. Así que me puse a leer toda su red social, su señoría. Me puse a buscarlo ahí, en el ordenador y el móvil, al otro lado, donde se tiene el cuerpo perdido o no se tiene o se tiene pero de aquella manera, transmutado en un algoritmo. Qué hacía ahí gastando el tiempo, tan abstracto él ahora, buscando otros algoritmos con los que copular. ¿Cómo se haría? ¿Usted entiende? ¿Alargando el miembro digitalmente hasta…? ¿O por amazon?, ¿glovo? ¿Enviando uramakis, ediciones limitadas de jurassic park, freidoras de aire, para suplir, qué sé, la fisicidad que no le era correspondida desde la pantalla? ¿O por cabify? Tal vez podía ser más morboso enviar sus restos de pizza mordisqueada. Hmmm. ¡Claro que sí! Suculento, bribón.

Y así me metí de lleno, su señoría, días enteros fingiendo que trabajaba o que consumía cincuenta temporadas de amar es lo de siempre y el puente viejo de madison, para que mamá no me interrumpiera en mi estado virtual. Así me introduje hasta el fondo, tecleando y buscando fotografías dudosas, comentarios a muros de facebook e interacciones en todas sus cuentas, visualizándolo al mismo tiempo en todas partes, multiplicado, e imaginé que quienes no tienen cuerpo deben quererlo todo o estar obligados a tenerlo todo porque ese cuerpo engorda en dispersión, se hincha y se desmiembra, un ojo allá, otro donde la boca y la boca donde las cookies o el software, hasta ocupar la inmensidad y tragársela, ¡qué remedio!

Mi amorcito solo estaba siendo empujado a la diseminación. Estaba ampliándose generosamente por internet. Como en una propulsión de pis o de semen, su señoría. Y ahí dentro esperé yo a que alguno de esos chorros me diera a mí, me refrescara a mí, con alguna pista, una señal que demostrara que yo no andaba del todo equivocada, ni loca, tal vez un poco enferma, ya sabe, pero letrada ya en el oficio de la informática y la red.

Y así llegó el día en el que me di cuenta de que hablaba mucho el imbécil, que chateaba mucho el tontolaba con una tal @paloma89. Me puse a contar las veces que interactuaban a base de likes, favs, mebs, sweps, stricks o como quiera que llamen a esa forma rara de intimar, que competía peligrosamente conmigo, ¡qué decir!, podían sumar una relación mucho más enfundada y robusta que la que teníamos él y yo, ¡había detrás de ese perfil un cuerpo más duro y sólido que el mío! Y me los imaginé a los dos a esa misma hora riendo y charlando jajajaja a dieciocho grados a la sombra de los dígitos y yo destartalada y sucia soñando con un machete en la mano.

No tuve opción. Desde una cuenta anónima, donde subía en días alternos fotos improvisadas de yates, fanatismo trasnochado por los Jonas Brothers y selfies del interior de mi boca, seguí sus avances de muy cerca. Qué nombre, qué aspecto, cuál era su edad, la profesión, quería sacarla de entre todas las mujeres del mundo, así, por los pelos, y decir: esa es ella, la que no soy yo. Y poco a poco se fueron apareciendo espacios, colores en la ropa, vestidos largos y negros de punto, ella delante de una mesa preparada para almorzar fideuá. En qué lugar, una cafetería, una tienda, usualmente pasaba el tiempo mientras yo, loca, me decidía a salir revuelta a perseguirla. De pronto los parques y los cafés fueron ganando envergadura, se fueron inflamando en mi cabeza, por menciones algo aleatorias que ella hacía en sus redes, y yo, sin saber, sin tener una idea muy clara, me lanzaba en todas las direcciones a frecuentar calles y bares. Probé todos los donuts y jägers y zumos de mango para ver si podía, para ver si había forma de saborear lo que ella, de comenzar a rastrearla desde un punto tan primitivo como el paladar. Quería saber qué era vestir su mismo hábito, si podía transformarme, operar en mí el cambio, con un sorbo de esto o de aquello, introducirme en su organismo y entender en mi carne el reemplazo.

Al mismo tiempo fui tanteando en la red palabras difusas, sueltas, sin mucho significado, palabras que ya los había visto manejar a ellos en otros posts. Chateaban sobre supermercados y horarios laborales, qué clase de simbología abstracta o qué lenguaje encriptado era ese.

Fantaseé con la idea de abrir un chat, donde los agregaba a los dos, les sugería por petición hacerlo público, de acceso libre, explicándoles llanamente que quería observar más de cerca sus progresos. Acordábamos inaugurar las sesiones colectivas los viernes por la noche. Ellos accedían, ninguno de los tres teníamos compromisos los fines de semana, salvo algún sábado ella, que salía de trabajar a las dos. Yo me limitaba a leer sus conversaciones, sin ningún tipo de interrupción, y los estudiaba de muy cerquita para destensar la infidelidad, para hacerla visible y acompañarla. Yo no podía saber si ella era rubia o morena, más etrusca o flamenca, con una coleta de caballo a la turca. Así que soñé que comenzábamos a incorporar la imagen. Iniciábamos sesión. Una luz roja indicaba que la cámara estaba encendida y empezaba a emitir:

Users (3)
@paloma89: ola
C: Qien va a empezar?
@paloma89: la abitación está muy obscura, no?
bruninsky___: Ey, como estais?

Y yo escuchaba sus voces, ellos se hacían preguntas, se hablaban, yo, por supuesto, nunca respondía. Restringía mis intervenciones con el único propósito de mirarlos y, tal vez, corregir alguna pequeña incorreción ortográfica del chat.

Cuando empezaba a hacer buen tiempo, nos imaginaba quedando en una cafetería alejada del centro, muy discreta, metida en un pequeño callejón donde había contenedores y escaleras de hierro que subían a un edificio abandonado. Y en silencio los miraba, ya con cierta ternura por el tiempo que habíamos pasado juntos, y los interrogaba un poco. Así hacía mis anotaciones en una libreta.

Su señoría, qué más puedo decirle, solo sentí mucho que de todas las alternativas erótico-afectivas él vino a engancharse con las dos, de esta forma bifurcada, tan incómoda.

Prueba n°7

7 de agosto de 2021

Estos son algunos datos de la víctima

Hoy he pensado en el tiempo que usted se toma en responderme. Sé que tiene que estar ajetreado. Su trabajo no le debe de dar ni un respiro. Atender a la justicia es una excusa razonable. No como las de Bruno. En la próxima llamada le daré el apellido. Imagino que le vendrá bien para localizar a la familia, mandarles el parte de lesiones –que no son muchas, se lo aseguro– y dar el pésame y esos quehaceres suyos.

La idea de dejarlo bajo la arena no salió bien. No es que sea un hombre muy grande (le detallo las dimensiones del sujeto: 176 cm x 100 cm + 83 kg), pero sí de esa clase de personas que se vuelven tremendamente poderosas en espacios pequeños. Por suerte, encontramos una silla de ruedas cerca de unos containers y unos matorrales. Es menos molesto que llevarlo a cuestas todo el rato. Le ponemos una gorra del Loro Parque y unas gafas de sol Hawkers de cristales reflectantes, que hace mucho calor, y lo llevamos amablemente allá donde vamos.

Hoy fuimos al bar de la playa. A mí no me convencía mucho la idea. Qué quiere que le diga. Pero mi madre se empeñó en tomarse un whisky, en destensar, dijo, la musculatura. Nos duele mucho la cabeza últimamente. También las extremidades. El peso de un cuerpo muerto no varía demasiado, solo que es más difícil acompañarlo porque no tiene forma de ayudar con su propio transporte. No es muy generoso en su voluntad por facilitar el trabajo. Todo sigue ahí dentrito, el número de órganos y la densidad de la sangre es la misma, pero ahora es un saco que agarro desde la punta, me lo coloco en la espalda y echo a andar. Usted entenderá que las consecuencias psicológicas de un secuestro de tales dimensiones pueden ser trastornadoras. He aprendido no solo a transportar mi cuerpo, sino a admitir que mi cuerpo ahora son dos. He aumentado el equivalente a una persona obesa. Y me muevo por las calles y los bares y el mundo así, convencida de que todo lo que tengo es un organismo duplicado en grasa y vísceras. ¡Un milagro de la biología soy! Absorbido hacia dentro lo tengo a él y él conmigo, juntos, como solo lo permitiría el amor, ¿comprende? Y me alegra enormemente, su señoría, me alegra pasear y saberme al ladito de Bruno para siempre, pegada a Bruno como no lo estuve nunca, y es extraño, por la noche, en lugar de sentir una carne distinta a la mía, pienso que soy yo multiplicada, enorme y esbelta abrazo mi carne, mía, entera mía, y me quedo doblemente amodorrada y plácida sabiéndome Bruno y yo al mismo tiempo.

Como le iba diciendo, alquilamos un coche a las afueras (no recuerdo muy bien el nombre de la agencia. ¿Oceanía? ¿América? Estaba en la calle Piedra Villazar) y metimos a Bruno en el asiento trasero. El cielo estaba lechoso, lácteo, daban ganas de lamerlo.

.

.

.

.

RECONECTANDO

Mami sale del coche escopetada hacia los navegantes, marineros o turistas que fuman en el soportal del pub. Tiene un gusto especial por el exhibicionismo. Adora insinuarse, la avidez. Y yo empujo a Bruno en la silla, vamos. Reímos en la barra y bebemos y bailamos reggaeton pegadas a esos piratas, sin dejar de lado a Bruno. Hola, le dice uno a mamá. Hola, le responde ella. Mientras a mí me pasa el brazo por encima del hombro un individuo al que aparto con frialdad. Tiene las manos enormes, de contable, de banquero, sus dedos son espárragos. Claro que Brunito me mira de reojo desde la silla de ruedas. Le acerco el vaso. Toma. Toma. Bebe un poquito. Y veo a mi madre rodeada de más y más hombres. ¿Quién es ese, mami? Toda ella está envuelta en una masa viril inaguantable. Uno alto, otro bajo, moreno, rubio, negro, mulato, blanco. Me da la impresión de llevar un garrote en la mano. Algo punzante y pesado con lo que atravesar a alguien desde la yugular hasta el cráneo. Es insoportable el ardor al ver a mamá besando a otro. Riendo sin parar como una cerda en celo. Pienso en agarrarlos por el lomo como a gatos despeluchados y arrancarles el pellejo hasta verlos en huesitos, desnudos por dentro, y hacer con el dedito pum, empujar con el dedito pum, derribando todos sus tejidos óseos, hasta dejarlos pulverizados, pum, porque veo ahí a todos los hombres del mundo menos a mi padre. Que no sería muy distinto a estos.

Sentado en la barra. Apretado a una copa de pacharán malograda, pero no a mami. Hola, papá, le diría. ¿Estás borracho? Entonces me sentaría un ratito para decirle está muy guapa, ¿verdad? Algo más gorda y arrugada. Pero ya sabes cómo van pasando el tiempo y los malos recuerdos por el organismo. Mírala, cantando, bailando, siendo mujer, esposa de todos los grumetes de este antro. Me vienen muchos recuerdos a la cabeza. ¿A ti no? Tú chocando una copa de vino con mamá y otra y otra y otra. Tú esperando en la puerta del restaurante a mamá y a otra y otra y otra. Te recuerdo en la cama de matrimonio mandando mensajitos a otra y a otra y otra porque estabas triste. Todo puede ser verdad. Pero yo iba a echar la pota. Y mamá loca y enamorada de un criminal. Eres un imbécil. Ojalá pudiera. Porque mira que hay que llorar mucho, cabrón, mira que hay que llorarlo todo para eliminar la tierra.

Bueno, bueno, ya será para menos. Bebo, glup glup, y para calmarme acaricio a Brunito por la espalda, quiero decir, me acaricio a mí por la espalda, nos acaricio. Y sentimos los calambres propios de la borrachera, del alcohol actuando en las membranas celulares suyas y mías hasta inundarlo todo. Hoy hueles especialmente bien, le digo. Con mami hemos probado echándole una colonia, un perfume de hugo boss o el de bisbal, para ir disimulando los inconvenientes aromáticos de un muerto. Luego nos quedamos quietos los dos, estirados como un gato bifásico. ¿Está rico el cóctel?

Y papá al fin se va de mi cabeza. He visto muchas series, su señoría.

Prueba n°8

8 de agosto de 2021

Llame al teléfono
que aparece en pantalla

Los canales de la televisión de la playa son un fiasco. Bruno y yo los pasamos, apretamos los botones, yo le aprieto el dedo en los botones del mando a distancia y los dos intentamos decidirnos entre

1. un hombre muy enfermo de un cáncer terminal que toma la decisión de cocinar metanfetamina y comercializarla,
2. el esfuerzo de los bomberos y los equipos mineros por cavar un túnel crítico en una central nuclear de la antigua Unión Soviética,
3. una familia de gánsteres que domina el negocio de las apuestas en las carreras de caballos,
4. dos jóvenes empleados de una compañía de seguros que pasan sus vacaciones junto a un empresario estafador muerto en su lujosa casa de la costa de Long Island.

Eso me recuerda, su señoría, que de niña me encantaba ver los anuncios de la televisión. Ahí ya se fue desgranando un poco este temperamento de malhechora. Marcaba los números de la teletienda en casa, así como hago ahora con brunito, y pedía una batamanta doble de poliéster, una pomada de proteína de baba de caracol o una caña de pescar plegable, y cuando la transacción estaba casi acabada, colgaba el teléfono muy al filo, ardorosa por lo que había hecho. Adictamente lo repetía dos o tres veces a la semana. Me respondía siempre un señor que inflaba su simpatía, y yo jugaba, de vez en cuando, a inventarme a papá al otro lado, a hacer como si llamara a papá, fingiendo que era el mismo número que el de la teletienda, de todos los cientos posibles y, aprovechando la ocasión, también le pedía chuches, videojuegos, chorizo y patatas de bolsa. En realidad, lo telefoneaba todos los días, señor juez, no me cansaba de hacerlo, con una media de catorce llamadas a la semana. A ver si así, de entre todos esos señores al otro lado del auricular, lo escuchaba de pronto a él y me respondía. Llamaba por la mañana, al mediodía, por la noche, también le mandaba mensajes a todos los números posibles, le pedía, ¡le exigía!, que volviera, que limpiara el piso, has visto cómo lo has dejado, papá, parece una pocilga.

Cuando me cansaba un poco o las facturas del teléfono excedían los cuatrocientos veintitrés euros mensuales, me acercaba a la puerta del dormitorio, tocaba la puerta, decía papá, papá, amenazaba con llamar a la policía, señor policía, este hombre no está nunca o qué, y mamá me arreaba y yo corría, jup jup, a la calle y me subía a la bicicleta y buscaba otro entretenimiento que me acercara un poco más a papi, me echaba a la calle, como digo, a marchar en ruedines y jugaba a atropellar a todas las novias de papi, jajajaja, a todas las muchachas que habían pasado tiempo con papi, ajajajaj, a todas las que habían visto a papi y yo no. Iba anotando el número de novias aplastadas contra la acera, el número de novias derribadas, yo iba apuntándolas a todas ellas, con cuántas más había que arramblar, cuál era la cantidad, de qué manera podía despejar el paisaje para no ver a nadie más que a papi. Luego fantaseaba con recogerlas a todas con mi bici, montadas todas en mi bici, algunas un poco accidentadas y cojas, pedaleábamos con el peso de nuestra imagen compartida de papá, lamentándonos un poco de que lo que pesaba en realidad era no tenerlo a él mismo montado en la bici, y así jugábamos a mantener entre todas el equilibrio de llevar a un fantasma durante mucho rato a cuestas.

Y estas cosas las fui aprendiendo así, su señoría, con mamá pegada, adherida, capitaneando la operación de rescate, el dedo líder en alto, ¡adelante!, ¡por ese otro lado!, maravillándome con el solo empuje de mamá, con la presencia absoluta de mamá, sabiendo muy bien ya desde entonces que yo venía siendo la mitad de todos mis cromosomas. El resto se lo había llevado papi.

Prueba n°9

27 de mayo de 2021

Cómo abordar al sujeto
en el supermercado

Finalmente tomé la decisión, su señoría. Después del descubrimiento de las redes, de la infidelidad del internet, sopesé la opción de echarme a la calle a andar y disimuladamente seguir los pasos de Bruno, su manera de abordar la cotidianidad. Me lancé a dar zancadas, así como las daba él, para entender la mecánica de un organismo nuevo para mí. Mamá ya sabía que yo andaba con jaquecas todo el día y con las tripas del revés porque en ocasiones él no me contestaba, no me llamaba. Bruno decía mucho que iba al supermercado, ¿a qué? Qué antro del demonio debía de ser ese del que hablaba tanto con @paloma89.

Ese día decidí seguirle desde atrás, con algunos segundos de desventaja para que no me viera. Todo lo que hice fue salir afuera. Viajé hacia él así como un coágulo, con la cabeza levantada, intentando respirar, asumiéndome muy pegada a sus membranas, a sus arterias. Estaba adherida, no adherida, adosada, obstruida. Lo adoro hasta desgañitarme. (!!!¡¡¡)

Pensé mucho en las cámaras de seguridad que suelen colocar en las esquinas de las tiendas de alimentación. Tienen esa forma excitante y dudosa de un ojo que puede observarlo todo todo el rato. También pensé mucho en cómo hubiera quedado yo grabada ahí, inmortalizada ahí, con la cara sedienta de una delincuente. Con mucho arrojo yo se lo hubiera enviado, su señoría, yo le hubiera enviado a su bandeja de entrada, con mi enorme cuidado, cada segundo de ese vídeo que voy a tratar de emular ahora mismo. Si me hubieran filmado aquel día, este hubiera sido el resultado:

Eran las 14.43. Caminé tranquila, con precaución, por los pasillos del supermercado. Esa que imagina al fondo con gafas negras soy yo. Arrastré un carrito rojo donde coloqué productos aleatorios para no perder de vista el frente. ¿Lo ves, hija? Mami vino conmigo, me seguía de cerca porque ella no podía perdérselo, no podía perderse la gravedad de la infracción, decía. Sí, está en la sección de fruta y verdura. Verdulero, ordinario. Es pronto para juzgar, mamá. Metí en la cesta conservas de zanahoria, dos tabletas de chocolate y lejía. Pero retrocedí, ¿qué pasa? No puedes mezclar así, hija. Volví a escoger con cuidado, alternando la mirada entre el pasillo y los alimentos, copos de avena, muesli, miel, leche de soja y un bote de canela. Cuando levanté la cabeza, ya no estaba. Te lo dije, corre, mira, dispárate desde el culo y cázalo, imbécil, lo debes buscar con la rabia de un perro celoso, niña. Venga, busca, ¡búscalo! Apreté el carrito contra el suelo, las ruedas contra el suelo, y lo deslicé muy ardorosa. Hasta hace un momento estaba allí, mamá. Sí, claro, agarrando una col lombarda. Vete aprisa, que lo pierdes entre las lechugas. Avancé por el pasillo central, y las estanterías pasaban como fotogramas: una mujer cogía de la mano a su hijo. Estante. Una niña saltaba para alcanzar una bolsa de chucherías. Estante. Dos hombres se decidían entre varios paquetes de frutos secos. Estante. Una pareja discutía cerca de los embutidos. Estante. Volví a la caja. Cuando estaba a punto de abandonar, de dejar los productos en la cinta, lo vi pasar empujando un carro. ¿Mira el móvil? ¿Llama? No, mamá. ¿Llama? No. ¿No habla con otra mujer? ¿No se las da de hidalgo, el estúpido? ¡No! Recogí mis alimentos, esquivando la mirada confundida de la dependienta, y lo perseguí. Vi cómo echaba en el interior del carro golosinas, chocolate, hamburguesas, pasta precocinada, también una caja de huevos. ¡Es un homicida, hija! ¿Quién elige así? Estudié las etiquetas en las repisas y, como mi madre, me horroricé al comprobar la elección de sus productos y la forma de apilarlos en el carro. Me sentí un poco absorbida dentro de ese desorden. Entonces me apeteció ayudarle, su señoría, a colocar las botellas de refresco en fila, el resto de alimentos sólidos abajo y los huevos encima de todo lo demás, para que no se rompieran. Sí, rómpele los huevos, niña. Abandoné el carrito en el pasillo y logré apurar unos metros más. Me afané por aproximarme a la cola donde él esperaba a ser atendido, y caminé sin hacer ruido, muy cerca, a unos centímetros de Bruno. Miré su nuca, lo único a lo que podía aspirar ahora, y encontré pequeñas motas de caspa pegadas a su piel. Me repugnó observarlo ahora como a un espécimen, pero seguí adelante y. ¿Y? ¿Lleva carmín de otra? ¿Una mordedura? ¡Sabía que el inmundo se estaba dando el lote ya tan temprano! ¿Cada cuánto se ven? ¿La agarra por atrás como a ti? ¡Calla! Me dio una arcada. Échasela, hija. Pero intenté dar un paso más, sabía que no habría otro momento. Deslicé los ojos por sus hombros encogidos, por la espalda estrecha. Olía a amoniaco y pomelo, a una colonia que nunca se puso conmigo. Pensé en los acelerados avances de su metamorfosis, en lo caprichosa que podía ser la desconexión de otro cuerpo, esa deformación monstruosa, temí por su estado actual, el de un Furby salido de una máquina de autolavado. ¡El de un adonis cochino!, ¡te lo dije!

¡Pavo real! Mami, calla, le acaba de decir algo. ¿A quién? A la dependienta. Le dice algo. Vi que se inclinaba, le susurró una cosa que no oí muy bien o sí oí. No había vestido largo y negro de punto, ni jäger, ni batidos de mango, ni. Pero sus brazos, los de la cajera, tenían medida de manga francesa, apropiados para una prenda de tales características. La imaginé ahí dentro, encajando muy bien, mejor que yo en aquel supermercado marrano, a punto de tomarse una fideuá, ajustándose perfectamente al sobrenombre de @paloma89. ¿Qué dice, hija? ¿Lo escuchas? ¿El tique? ¿No salió el tique? No, mamá. Que luego la ve, que han quedado, al salir del trabajo han quedado. ¡Puerco, marrano! Te lo dije. Es ella. Y yo sabía que era el momento, que no había otro. Un guantazo, nena. De buen impacto, para que no pueda contraatacar. Le das en la espinilla. O le muerdes la vena cava. O le entierras los dedos en la garganta. Bien profundo. Le arrancas la amígdala. O le estrujas el escroto con los nudillos. Así. ¿Ves? Me doblé, cogí mis productos, desaparecí entre la gente.

Prueba n°10

8 de agosto de 2021

Otra confesión

Yo me pregunto mucho si aprecia mi generosidad. Mi acercamiento amable hacia su persona. Mi necesidad de intimar. Nunca habrá tenido un abanico de pistas tan evidentes a su alcance. ¿No le excita algo así? Trato de encontrar la forma de contentarle.

Si no hubiera ocurrido todo esto, piénselo, el enredo macabeo del accidente, llamémoslo así, nunca habría contactado con usted. Y quedaría todo en el estómago de mi madre, en mi estómago. Hasta echar la pota. Qué bello y criminal que nos una esta confesión. Me gustaría que nos carteáramos más a menudo, que nos mandáramos mensajes hasta tarde. Usted sentado en un sillón indefinido en la oscuridad de su salón, recitándome el título I de la Constitución Española, de los derechos y deberes fundamentales, mientras me como un polo flash. Aconséjeme, deseo que lo haga, y yo le confesaré todo lo que usted vaya necesitando para el día del juicio. Temo por el día del juicio. No por lo que usted declare. Nunca pondría en duda su inteligencia. Yo le escucharé atenta desde mi silla y asentiré obediente a su veredicto. Me refiero a que cuando mi madre y yo salgamos andando al patíbulo o nos encierren o nos liberen, no encontraré otra forma, otra excusa para seguir llamándole. ¿No le entristece? ¿No le pone triste que esta relación se abra y se cierre con una confidencia? Como una exhalación. Hasta que usted se aburra. Luego seguirá escuchando otras declaraciones. Lo sé. Yo me lo imagino a usted rodeado de cientos de acusados. Agasajado por cientos de acusados. Adorado, amado, no sé, con esa avidez, con esa adrenalina de quien se siente muy al filo. Nada puede estar más cerca de la insaciabilidad que haber quebrado las normas. Una leve presión abdominal, muy placentera, y la sensación se estira y es buena. Y usted ahí, conociendo el borde y la caída. Evitándonosla. ¿Comprende? Apetece abrazarse a usted para tentarla con el pie solamente. Pero, oiga, ninguno de esos mequetrefes se lanza a usted como yo. Se lo aseguro. Ninguno como yo.

Debo admitirle que, en ocasiones, a altas horas de la noche imagino todo el rato el móvil vibrando, una llamada, un mensaje, ¡no sé!, y entonces sus palabras, al fin, ¡al fin!, como una revelación:

Hola, C:

Hace un rato me ha hablado un hombre al que apenas conozco. Me ha pedido, con mucha educación, que resolviera su caso. Le he dicho que no, porque, salvo en circunstancias excepcionales —y esta no lo es, ni las habrá— no acepto a más de una persona. Además, he añadido que tengo a la acusada con mejor perspectiva desde hace años, y que me lo juego todo con ella definitivamente. Al final se ha quedado muy cortado. Me ha dado hasta pena.

Besos,

S. S.

Prueba n°11

27 de mayo de 2021

De internet a mi estómago

Esperé escondida en el portal de una casa próxima al maldito supermercado alrededor de cinco horas. Me comí la canela, el yogur, ingerí los copos de avena secos, deshidratados, y lo mezclé todo con la leche en mi boca, así, grrrrrrr, haciendo gárgaras y empujándolo a mi intestino grueso, arrojándolo al estómago. Era la única manera que tenía de sobrevivir a un desamparo de tal envergadura.

Habían pasado ya casi seis horas, y ahí la vi aparecer. Llevaba una bolsa en cada mano. Qué aburrida ella, por otra parte, que hasta fuera del trabajo seguía prolongando los hábitos del supermercado. La cara no la conocía muy bien, era todavía un punto negro en la distancia, un zurullo. Su figura eran dos aspas delgadas en cruz, el sol la traspasaba como un cuchillo, como el que yo estaba deseando agarrar en la mano. @paloma89, además de un algoritmo maligno, era ahora un garabato pintarrajeado a lápiz alzado, sin mucha precisión. Solo era rayas que engordaban a medida que se aproximaba. Y yo solo pensaba en los retortijones de la avena y el yogur y la leche ya fermentada y la inclinación homicida pudriéndose en mi colon. Qué rico y bello ir asumiendo a Bruno en mí, el acceso fecal de Bruno en mi carne, sus padecimientos y lesiones los iba integrando, así, gluuup, por el efecto del enamoramiento y la angustia. Tal vez mi cuerpo se estaba preparando para recuperarlo, para perseguirlo a la inversa, siguiendo sus mismos pasos de transmutación.

Ella, mientras tanto, continuaba hinchándose, haciéndose enorme y real, como mi abdomen y mis ganas de evacuar. Las líneas ya eran brazos, piernas, ya había dos manos por donde entraba un poco la luz, cortada por los dedos. Su cara: dos puntos y una línea recta sobre la barbilla.

Inmediatamente, perdóneme, señor juez, cambié de opinión. Salí del portal, aceleré el paso en dirección contraria, le di la espalda y pensé en las dos, unidas por una línea imaginaria, en fila, y pensé también en mi indigestión, en mi postura estratégica y en el infortunio de la suya, en el posible torpedo que podía separarla decisivamente de mí y de mi Brunito. Pero caminé, corrí, preferí no precipitar las cosas, todavía no quería intimar hasta tal punto con ella.

De tanto en tanto, me volvía por encima de mi hombro y miraba de reojo a qué distancia, a cuántos metros ella era solo una boñiga, un truño, un ñordo, ¡Jesús! Avancé pegada a las paredes, mareada, me fallaban las piernas, pero aceleré el paso, lo aceleré, corrí asfixiada. Miré de vez en cuando hacia atrás. Atravesé la avenida, pasé entre los coches, no sé si por el cruce de peatones o por mitad de la calle, hasta que llegué a una plaza con una fuente. No había nadie, comprobé que en efecto no había nadie. Cuando ya no pude respirar, me agaché, me acodé en la base de piedra, me temblaron los brazos, apoyé las manos. Miré el agua, un agua que parecía fresca y limpia. Y de pronto, exhalé todo el aire, y todos los alimentos, la leche, la avena, la miel, el yogur y la rabia engurru-ñadas, toda mi rabia, salieron torrencialmente al exterior.

Prueba n°12

28 de mayo de 2021

Le aseguro que es una manía umbilical

A partir de ese día no quedó más remedio que comenzar a cargar contra él. Usted ya me va entendiendo. Nada de diseñar un plan retorcido, con sus mapas e hilos rojos de serie cutre de televisión. Todo salió de manera muy natural. Mi madre me decía vamos por aquí, y yo le seguía a todas partes. Nos íbamos complementando muy bien. Fue como rascarse o defecar, un gesto fisiológico y primitivo, un acto reflejo en su esplendor.

Bruno venía a casa ya muy de vez en cuando. Dábamos largos paseos por la ciudad. Y yo no paraba de imaginarme diferentes formas de verlo muerto. Atropellado por un bus en un paso de cebra, golpeado por una maceta desde un quinto piso, acuchillado por un ladrón. Miraba a todos lados, en busca de una sorpresa.

Usted debe saber que el hambre de revancha no compite con el deseo. Yo le seguía acostando en la cama, nos acostábamos, él se bajaba los pantalones muy deprisa. Yo pasaba el dedo por su sexo, como si atravesara el lado incorrecto de ese cuerpo ¿enemigo? Mi lengua chupándole el testículo. Le decía que se acercara, que era un hombre con miedo, un hombre que debía de estar haciendo el amor con muchas mujeres por miedo, le decía en voz alta, o no sé si me escuchaba o solo lo había pensado. Y me llamaba puta y me parecía bien, me decía enferma, el amor de su vida, y me dejaba hacer y decir y no había reproches, sentía placer. Durante el sexo con él se me sugerían escenarios fantásticos, su señoría:

1. Él sentado en una motocicleta a punto de estrellarse y yo acariciándole el perineo, con mucha avidez se lo acariciaba, agarrada al manubrio, mientras apretaba y aceleraba y saltaba a tiempo. Adiós.
2. Yo acuchillando la cebolla, la patata, el rábano y, ups, un ojo, la barba o el diente mediano saltando de su cara al plato de comida. Ñam.

Mírelo. Ahora parece inofensivo, una ratita mansa. Incapaz de cometer ningún delito. Él y yo no somos tan distintos, ¿entiende? Lo importante es saber administrar bien la culpa.

Aquellos días de indecisión, entre la cama y las fantasías de la sangre, veía a mi madre furiosa, la sentía enfadada. Ella sabía que se avecinaban malos acontecimientos, se reconocía en algunos gestos míos y comenzó a sentirse molesta. Eres mi hija y, por lo tanto, un alargamiento, escuchas, de mi carne. Pero yo me siento carne de la carne de Bruno, mamá, este ser inmundo y sucio que me habita como un microbio. Yo lo sorbo, muy dentro de mí yo lo guardo. Y así me quiero ir, fiu, nos quiero ir, separarnos de mamá, de los efluvios de su caca, ¿comprende? De esa excreción que asumimos como nuestra. El haberlo parido todo mal y torcido, hasta siempre. Deseo mucho ser una rama amputada del árbol genealógico.

El caso es que a mami no le gustaba que pasara tanto tiempo con Bruno. Que huyera y volviera, como una lombriz, decía, como un bichillo, decía. Una noche me desvelé en mi casa, en la casa que compartía con Bruno, a eso de las seis, o eran las cinco de la mañana, no miré bien la hora, y oí un ruido en la cocina. ¿Qué haces aquí, mamá? Estaba en la puerta, sujetando la escoba y el recogedor. Sudada y asquerosa me tiró los palos a la cara. ¿Cómo has entrado? Me agarró de las manos con sus manos chafadas y líquidas, llevo esperándote toda la noche y esto está cochino, ¡barre, barre!, y me olfateó como un sabueso. Yo no te di la llave, mamá. Ahí me has tenido, sentada en el sillón, ansiosa. ¿Has entrado por la ventana? Deja de perder tu tiempo, hija, luego pasa lo que pasa, esta barriga estriada, gorda, llena de patadas, las piernas abiertas al aire los fines de semana, a ver si se alivia el ruido de ahí dentro. Y tan poca generosidad. Le pedí que bajara la voz, shhh, que fuera un poco más discreta, shhh, ¡lo vas a despertar! Y me sujetó el cuerpo como a un muñequito de trapo, me lo arrastró hasta la salida, buscando una fuga. ¿Qué quieres?, los domingos al parquecito, ea, deseando que llegue el día para cagar toda tu infancia, aparta, aparta, ya barro yo, yo no quería una hija, yo quería una sombrilla y una botellita de agua, quedarme tranquila, vivir la jubilación en el mar, morirme, así como se ahogan los peces, piuf, nadie se enteró, piuf.

Yo me desenganché, me salí de ahí, su señoría, y solté los utensilios y sus brazos, ¿por qué no te tocas un poquito ahí abajo, mamá? ¿Por qué no te metes la mano, un juguete, bien adentro? Manosea la vulva, el clítoris, mete los dedos, tres dedos, primero en un agujero, luego prueba en el otro. O vete otra vez al chiringuito, a vivir la felicidad de dejar que te miren ocho a la vez. Esa sensación de flechazo cuando te fisgonean de abajo arriba y da la impresión de un empotramiento grupal por atrás. Bien fuerte. Con copas de vino, de coñac, tú borracha y frenética, enamorada de lo más miserable.

Mami me agarró, me insultó, se puso roja y le entraron ganas de arañar. Era una cólera que lo inundaba todo en ella. Los movimientos eran brutos y bestiales. Zigzagueaba. Me decía guarra, tonta, por qué estabas ahí dentro, deformándome, y ahora lo sigues deformando todo aquí. Así eran nuestros días, columpiándonos en los puños, en los brazos rígidos, tensos, de la otra.

Después de un rato se arrepintió. Se lavó las manos, barrió y me enganchó con ternura la cabellera. Me dijo que tenía el pelo muy lacio, que era lo más bonito de mí. Quería peinármelo con los dedos. Yo sentía el poder de su mano en la cabeza, una mano cariñosa y dueña del cabello, dueña de mí. Era la manera que tenía de protegerme, de poseerme. Pero me lo haré cortar, pensé. Muy pronto, en unos días lo tendré corto como un niño. Para separarme de las manos de mamá. Cortar mi pelo es cortar de raíz a mamá.

Paso demasiadas horas con ella. Es ya casi una prolongación de mí. O yo una prolongación suya. No me queda claro dónde está el corte, el descarte, dónde el límite, de dónde sale el cordón umbilical. ¿A usted le ocurre esto con su madre? La única prueba de que mi cuerpo sigue vivo es que engorda y crece con el cuerpo pegado de mami.

Mi única patología es mi madre.

Prueba n°13

9 de agosto de 2021

Ahora todo son comidas familiares con fiambre

Venimos a comer a la costa. Suelo hacer cábalas sobre las personas que entran y salen de los restaurantes. Deseo que toda la elegancia de estos sitios, los nombres impronunciables de la carta y la manera de algunos camareros de sujetar un pedazo de tela en el antebrazo acaben saliendo como mugre por el desagüe. Risas nerviosas, tos, una compostura recta y, por dentro, ganas de defecar, el agotamiento, una mujer consumida, un hombre triste, a punto de eyacular en secreto. Nada interesante. Caras que me decepcionan mucho. Solo veo bocas que se abren y manazas sobre platos de porcelana. Y la verdad es otra: que aún no tenemos claro qué hacer con Bruno.

Yo ando cada día más inquieta. No porque usted sepa, no, sino porque ¿sabe cuánto tarda un cuerpo en descomponerse? En invierno puede permanecer muchísimo tiempo casi intacto. Pongamos cuarenta años. En verano son alrededor de dos semanas, si está al aire libre, claro. Hemos seguido comprando ambientadores y perfumes y colonias, pero el hedor es insoportable. Oler a hombre todos los días. En todos los sitios el hombre. Puaj. Quisimos deshacernos de. Pero ya está bien metido en las narices. Ya nos parece que la playa ha dejado de oler como huelen las playas y que ahora tiene un matiz a testículo. Aun así, a mí me tiene loca pensar que en dos semanas se habrá esfumado. Fiu.

Mientras me meto el fiambre en la boca, miro a mami. ¿Usted mira mucho a su madre a los ojos? Son limpísimos, cristalinos, ¡higiénicos! Dudo de esa limpieza, una falsa limpieza que debe de contener un vertedero de mierda. Son espeluznantes. Me voy a levantar. Ya sabe usted qué poco me gusta comer en familia. Saco dos billetes. Los dejo en la mesa. Y aparto la silla. Quiero irme. Pero mami me mira con lástima. Acábate eso, ¿no? Me repugna esa mirada, me repugna la comida, el lugar, me voy a dormir a la playa, bien a gustito, con el mar azotándome fuerte en las nalgas. Estoy harta del miedo de las madres. Le digo o no le digo pero quiero decirle deja de pensar egoístamente siempre en ti y en mí como una repetidora de tus mamadas de niña. Como el culo de una lombriz y tú la cabeza. Ya basta. Córtame. Córtame el cordón, mamá. Y vete. Mejor. Mejor. Para ella todo son días de sol mal invertidos arrastrando una vejez inútil. Tenedores, vajillas, escobas y muchas ganas de odiar las cosas. Me pregunto si, además de esa terrible rutina, mami se pasaba los domingos mordiéndole el pelo a papá, ¿a quién?, en las axilas, en las cejas, mientras yo jugaba de niña en el jardín y esperaba a que se me echaran encima todos estos acontecimientos, vaticinando un calco exacto de los perímetros de mi madre. Pero ella me sigue diciendo come, come, hija, no te lo tomes a mal, mientras yo me sirvo más vino, eres joven todavía, todavía te pueden venir otras cosas, y me pregunto si mami tendrá de verdad algún amante, si se permitirá decirle las obscenidades que nunca le dijo a papá, si huirá a su casa por las noches como una cerda para ponerle encima el sexo, si me arrastrará con ella para que yo también me restriegue abierta sobre el cuerpo de su amante, para corroborar, para demostrar que ¿ves?, ¿lo ves?, no todos los hombres duelen igual, hija, esto, imposible, no dolerá tanto. Y pienso en las comidas familiares con pavo y patatas y vino caliente que nos servíamos con papi muy felices y ahora me vuelve a venir a la cabeza, sí, la imagen, sí, de mami ojalá entrando en otra casa sí sí sí, arrodillándose ante los pies de otro hombre, llorándole en los pies, lamiéndole los pies, porque también hay grietas en los ojos más limpios que he visto nunca.

Prueba n°14

29 de mayo de 2021

Algunas técnicas para falsificar los hechos

Ya habían pasado suficientes días como para catalogarlo de infidelidad crónica. Bruno se seguía viendo con esa mujer no muy lejos de mi casa. Los pillé varias veces entrando en un edificio blanco. Él la esperaba fuera del supermercado a eso de las nueve y media de la noche con una apariencia patética. A mami se le ocurrieron varias alternativas para asaltarla. Repasemos algunas técnicas para falsificar los hechos:

Paso 1

— Sales del coche con el propósito de devolverle a la puerca...

— A la dependienta, mamá.

— ...a la puerca un objeto que te llevaste tú por equivocación.

— ¿Y sé dónde vive?

Paso 2

— Casualmente la has visto entrar en ese edificio en dos o tres ocasiones. Está cerca de tu casa.

— Un exceso de generosidad, mami.

— Le oíste decir que era importante. Una reliquia.

— ¿Y cómo es que lo tengo yo?

Paso 3

— Escucha. En la confusión de meter a toda prisa los huevos y el pan y la leche en tus bolsas, el objeto cayó dentro.

— ¿Y cómo sé que es suyo?

Paso 4

— Lleva su nombre, carajo. Y su foto.

No tenía puesta la radio, solo oía las conversaciones de los que pasaban de largo o el motor de los vehículos que circulaban a mis espaldas. Cuando vi salir a un hombre del portal, saqué los pies del coche y caminé deprisa para colarme en el edificio antes de que se cerraran las puertas.

El pasillo, imagíneselo, tenía esa luz amarillenta y el color caoba de las casas antiguas. Usted no lo percibirá, claro, pero le juro que olía a sobaco y cigarro. No había ascensor. Eso fue una desgracia porque el piso de la muchacha era de los más altos. Era evidente, yo la sentía a ella muy arriba, elevada, una cajera giganta, al lado de mi entero sentimiento de humillación. Como le digo, fui avanzando, cogiendo aire para prevenir a los pulmones, uuuugggg, a modo de aviso, y se oía el murmullo de algún programa de televisión, gritos en los pisos de más abajo: ¡que te calles, que te calles, he dicho! Avancé hasta el quinto y de pronto me asaltó el miedo, una asfixia familiar. El pasillo inmediatamente anterior olía a fruta, a ropa recién lavada, a ropa tendida, al tacto de la tela todavía húmeda en la cara, y a jabón y a naranjas peladas y a talco, y a pañales y a muñecos y a sábanas limpias. A mí estas cosas me paralizan. Me impresionan, ¿sabe? Mucho. Mucho. Pero no me voy a detener ahora en eso, su señoría. Yo le prometo que le contaré. Tarde o temprano lo sabrá todo. Yo me confieso a usted por fascículos. Sepa que no hay, por ahora, otra forma de entendimiento.

Vuelvo, vuelvo a la historia. Al llegar al quinto, ensayé la manera de entrar: Hola, @paloma89, no sé si me recuerdas. ¿Qué tal? Fui a tu supermercado a comprar mientras perseguía a un hombre. He intentado ponerme en contacto contigo para darte esto. Se cayó accidentalmente en una de mis bolsas de la compra. Pone tu nombre. Es tuyo. Llevo pensando en ti todos estos días. Imaginando qué clase de vida puede tener esa que no soy yo. Esa que comparte conmigo los mismos fluidos seminales en la boca y otras cavidades, pero que, como digo, no es yo. ¿Me dirás qué haces con él? ¿Venís, os tomáis una copa o directamente te pone del revés? Te chupa el cuello uterino, ¿y después? ¿Es muy impetuoso para copular? Hace pam pam pam pam y ¿luego?

Antes de llamar a la puerta, me imaginé un salón de muebles marrones, a ella leyendo en un sillón, enfundada en unas zapatillas de andar por casa, metida en una normalidad insoportable, mientras yo estaba ahí fuera, en el descansillo de una casa desconocida, nerviosa y loca por entrar y arrancarle la cabeza. Me preguntaba por qué razón, por qué demonios estaba delante de su puerta, a punto de tocar el timbre. Dudé. ¿Me voy? ¿Me voy? Entonces la voz de mamá en la cabeza, como un bufido, ¡entra ya y el puño! Llamé. La campana era irritante. Después, silencio. Deseaba que abriera la puerta. ¿Se lo esperaba? ¿Esto te lo esperabas? Volví a pulsar. Acerqué la oreja, y al cabo de unos segundos escuché crujir un sillón, pasos, más pasos, alguien descorriendo el pasador, dándole varias vueltas a una llave. La puerta se abrió. Detrás: una mujer más joven, más guapa, liada en un camisón colorido. Yo estaba sucia, desesperada. Debía de tener la cara de un marrano, de un pato en estiércol, de un vacuno recién parido y zopenco y. ¿Quién es?, dijo. Me avergoncé. ¿Quién es? Había perdido. Sabía que debía irme. Di dos pasos hacia atrás. Pero no sentí decepción, sino una extraña sensación de adrenalina que me quemaba por dentro. Quise gritar, decir algo en alto. Sentí la euforia de la patada incipiente en mi pie o el apretón en mi brazo. Me di cuenta de que en el recibidor había una chaqueta de hombre, su chaqueta, una que le regalé hace años. Quise meter la mano ahí dentro y arrancarla y secuestrarla como se secuestran las cosas que (ya) no te pertenecen. Y después el portazo.

10 de agosto de 2021

Una breve retrospectiva de los cuidados de una madre

Ahora que le has visto la cara, ¿qué?

El suceso, lógicamente, nos hizo colocarnos frente a frente y corroboré que era una cara que nada tenía que ver con la mía. Tomando mis rasgos como punto de referencia, el ojo es bajo, arqueado, de mirada caucásica, fisionomía kazaja oriental, casi turcomana, la barbilla fina, estrecha en la punta, incluso elogiándola mucho diría que helénica, tiene hoyuelos en las mejillas y la ceja –no recuerdo cuál– delgada. Una deformación en toda regla de mis atributos físicos. Como la deformación de las uñas de Bruno. Esto venía siendo ya un alejamiento clarísimo de la costumbre. Pero no iba a arremeter contra ella. No. ¿Qué sentido tenía eso? Era, más bien, una sensación de piedad. Cómo explicarle. Nos imaginaba despeñándonos por una montaña, perdiendo todos los rasgos, quedándonos en blanco, muy en blanco, y viendo nuestras frentes y varices saltando por los aires, entre la maleza. ¿Qué elegiría ahora Bruno? ¿Dónde estaría la medida? ¿El barómetro para escoger qué? No, yo no quería saltar con ella. Hermanarme con ella. Me daba lástima esa pérdida suya. Desorientada por no saber cómo recomponerse de un desmembramiento, de una ruptura así. Yo quería solo y más que nunca fundirme con Bruno, pegarme a Bruno, suplicarle a Bruno que solo pusiera su atención en mis cejas y mi lengua. Allí esparcidas y rotas. No por nada. Comprenda. No quería que ella fuera adivinando las otras cosas también, el dolor, la vergüenza, esa sensación sucia de ser discontinua y por fragmentos para alguien. Pero no por ahorrárselo. Entiéndame. Esto no es ni de lejos un arranque de generosidad. Sino porque lo quería enteramente para mí. Todo Bruno para mí. Con su crueldad contaminándome hasta el fondo. Mire, su señoría, ella no estaba instruida en esa materia, no poseía la naturaleza de sostener el peso del que le hablo. Pensé esto solo es de mis madres y mis abuelas y mis tatarabuelas. Esta es nuestra herencia.

Eso explica que mi madre se vuelva repentinamente dadivosa. Vamos metiéndolo a dormir, hija, dice. Es hora ya. ¿Quieres que lo lave yo? El enamoramiento es cosa rara. Se soportan posturas antinaturales durante mucho tiempo. Una se acaba incluso acostumbrando, vencida, a esa nueva forma de hacer. Y cuando el sujeto amado desaparece, plof, cuando ya no está, plof, una se encuentra desproporcionada, con un buen boquete que se apresura a rellenar con fajitas de pollo y verduras o con un cadáver. Hay un deseo permanente de volver, a pesar de haber salido de ahí con un cuerpo doblegado hasta el suelo, a punto de colapsar. Pues a mami le pasa, ¿sabe?, se ofrece a cuidar de Bruno ahora. Le acerca la esponja al cuerpo y lo humedece con cuidado de no pudrirlo.

Veo en sus manos mis manos. En los gestos de mamá me encuentro. En esa manera de meter la esponja hasta el fondo, de recorrer el cuerpo del hombre con sumo pánico y admiración. ¿Qué atentado, qué milagro es este el que nos pasa? Le da la vuelta, dócil, y lo enjabona más y lo acaricia por la espalda también. Y me parece estar haciéndolo yo, hace unas semanas.

Días atrás, como le digo, volviendo a ver en secreto a Bruno hice justo así, como hace mami ahora, así, con el pulgar apretado a su costillar, así le limpié una mancha y lo besé. Bruno no se inmutaba, como ahora, que no se entera de nada. Yo no tenía claro si él sabía que yo sabía todo lo que me había estado ocultando, el muy cochino. Se comportaba con una costumbre asumida. Aquel día nos lavamos juntos. Lo metí en la bañera, como hace ahora mami, y froté su piel desde el cuello hasta los dedos de los pies con una esponja áspera. Sin que se diera mucha cuenta, fui midiendo el grosor de su piel, ensayando diferentes formas de perforarlo, de apuñalarlo. Según google, el volumen de la piel varía de 0,5 a 4 milímetros dependiendo de la localización. Así que me dediqué a pellizcarlo, a apretar con los deditos distintas partes de su cuerpo, calculando la distancia exacta hasta lo que comúnmente llaman asesinato. A él le hacía cosquillas, se reía, yo también, nos reíamos juntos por motivos muy distintos, pero qué júbilo, jajajaja. Luego lo enjuagué con agua fría. Nos fuimos empapados a la cama y lo besé una y otra vez para ir acostumbrándome a esa piel entumecida, de cadáver. A veces me preocupaba por su salud. Me venía la certeza de que era mortal, como si la delgadez y su forma convulsa de quedar con otras mujeres fueran un aviso de que tarde o temprano enfermaría, y no quería que se adelantara a los acontecimientos. Yo te cuido, cariño.

Mami ahora lo cuida, lo quiere, quiere a su yerno. Porque él la escucha, le hace caso suficiente. Se amolda bien a sus necesidades. Sé que lo hace porque conmigo no tiene remedio. No ha tenido remedio en mucho tiempo. Me aparto, me aparto mucho de su lado. Y esto a ella le enfada, le pone triste. Me los imagino a los dos repitiendo todos los eventos que saboteé a mami en

mi infancia. Cómete el puchero. No corras tanto. ¿Puedes recoger la mesa? ¿Te has caído? Tengo nueve, trece, dieciocho, veinticinco, casi treinta o así y le digo que me deje, que todo se cura
con el tiempo, incluso la maternidad. Ella me insiste. Tienes que
ir al médico. Te llevo en coche. Tengo la sensación de que lo
quiere todo junto y a la vez: volver a peinarme el cabello, reha-
cerme el recogido, así todo estará bien de nuevo, pero sabe que
ya no puede, que ya tengo el pelito muy corto para estas cosas.
Te queda bien, sí, bueno, echo de menos esa cabellera tuya tan
larga. Aparto su mano otra vez. Estoy bien. Y ella entonces la
pone directamente sobre Bruno, la entrega toda a Bruno. Lo sé,
mami, lo siento, mami, por este desplazamiento. Le plancha el
pelo, se te está poniendo áspero áspero, dice, pero que muy áspero. Lo unta en cremas y mascarillas para no acelerar el proceso
de oxidación. Van juntos de tiendas, él con gafas de sol, esta vez
con las lentes en forma de corazones rojos, una gorra de caja
rural, y mami lo empuja desde la silla de ruedas. Le cambia de
camisas y calzoncillos, y dan largos paseos a media tarde junto al
mar. Bruno se deja hacer y decir. Hacen planes, mami se preocupa por sus heridas, le dice puedo traerte una pomada. Hoy
cogiste mucho sol. Mañana al cine. Sobra una bicicleta con
sillín, no tienes que pedalear. ¿La comida hindú…? Mami le in-
vita al teatro, al cine, a cenar. Mami debe de sentirse apartada,
rechazada por una hija que no le corresponde. Pero mami a Bruno sí puede lavarlo, vestirlo, alimentarlo. Es una madre en el
exilio, una madre que ha sido expulsada del ombligo de su hija.
Lo siento, mami.

Prueba n°16

12 de agosto de 2021

Bruno Arriaga

Hola. Yo solo espero que su contestador tenga carrete suficiente para aguantar mis discursitos. Se me olvidó decirle, contarle que. En realidad, siento que esta relación nuestra se sostiene desde mi unidireccionalidad. Si trazáramos una línea recta fundamentada en el poder de atracción o de convocatoria o de gravedad, la orientación o el sentido partiría del punto A (yo) hacia el punto B (usted). Algún día de estos temo perder la voz. Desgañitarme. Es común en los discursos largos desgastar el timbre normal por trastorno de la laringe. Fantaseo mucho con la pesadilla de comenzar a hablar y y y y ////// saber que ya no hay motivo posible para engancharlo a usted, para amarrarlo a usted con los narcóticos de mi garganta. Eso no puede ser así, ¿comprende? Se entiende por diálogo un intercambio o alternancia algo equitativa de la información. Debe aportar, por lo menos, un milímetro de sus cuerdas vocales. Hágalo. Un temblor. Una fricción. No sé. Solo pronuncie un sonido, fff, ssss, rrrrrr, un ronquido también vale, y lo recibiré con la mayor gratitud. Será suficiente para proseguir.

Necesita hablar con alguien. Es importante. Cuando uno pasa mucho rato sin abrir la boca, los residuos de alimentos y el aire caliente y la saliva se fermentan dentro, en ese su aislamiento bucal. Y el paladar comienza a criar bacterias y otros microorganismos por los que, perdóneme usted, estoy empezando a experimentar un extraño sentimiento de envidia. Ojalá tuviera yo la facilidad de esos bichos de inmiscuirme en las inmediaciones de su aparato digestivo para, por lo menos, contentarme un rato, un pequeño rato cerca de usted. Adivinando el tono, la cantidad de aire, la vibración de sus cuerdas y el grosor de su glotis, apurando el tiempo, tal vez, ¿imagina?, todo el tiempo que pudiera permanecer ahí, entregada a su esófago, colgada de su campanilla.

Me gustaría mucho escucharle. No tengo datos suficientes para saber cómo habla usted. Por eso he diseñado dos posibles alternativas. Se las comento y ya usted me dice o no me dice o me lo dice directamente como crea que tiene usted que decir las cosas:

OPCIÓN A: Al otro lado del auricular usted tiene una voz descoordinada, muy alterada, como si en lugar de un hombre chillara un cerdo. Me grita, me insulta, me dice que me he vuelto loca, que no tengo derecho, que estoy incumpliendo la ley, bla bla bla. Cuelgo.

OPCIÓN B: Ruido blanco. Unos segundos de silencio. Y de pronto: usted. Me sorprende la claridad de su voz, es aguda, con un leve trasfondo femenino. Está sereno, calmado. No me saluda, no me pregunta nada, solo me dice que me va a leer el fragmento de un libro que le gusta mucho. A mí me parece muy bien. Indica el número de página, de capítulo, me asegura que a partir de ahora no va a ausentarse nunca más, a excepción de los domingos, el día del señor. Hace otra pausa, escucho su respiración, imagino su boca y entonces lee. No carraspea. Dice: esta parte sin duda es mi preferida, se me saltan las lágrimas. Cuando termina de narrar, me dice que tiene que irse un momento, un segundo, que tiene asuntos de jueces, pero que nos llamaremos un día sí y un día no. Con esa frecuencia exacta.

Yo ya, como comprenderá, trato de ser optimista y recrearme en estas consideraciones mientras espero a que descuelgue el teléfono. ¿Qué más le puedo decir para que usted comience a intervenir en nuestro vínculo?

Bruno Arriaga. No le di nunca el apellido. Ahí lo tiene. Es un apellido muy común, ¿no cree? Debe de haber muchos Brunos Arriagas en el mundo (por lo pronto, en una búsqueda rápida de instagram encontré 47 posibles Brunos Arriagas, pero mi brunito es inconfundible). Pero pocos como mi Brunito, promiscuo y nada comunicativo, viajando en silla de ruedas por todas las playas y chiringuitos de Garrucha, con la forma actual de un cadáver. Iba a haber más arriagas, una hija-arriaga, pero ahora no puede llevar ese apellido porque nunca salió del útero y bruno tampoco está en condiciones de repetir. Esa hija-arriaga iba a oler a. ¿Recuerda el piso del quinto izquierda? Cuando le hablé de la fruta, la ropa recién lavada, ropa tendida, el tacto de la tela todavía húmeda. Pues me detuve ahí un momento, solo ese momento para imaginar que podía ser real, paradójicamente en el piso de la muchacha que no soy yo. Claro. La niña-arriaga iba a oler a eso, al tacto de la tela todavía húmeda en la cara, a jabón y a naranjas peladas y a talco. Y a pañales y a un anillo y a muñecos y sábanas limpias. Y me venía a la cabeza esa barriga redonda como una lámpara. Me gustaba pensar que me iba a salir un niño con esa forma de balón, así, plof. Gordo y simpático. Ya estaba la gente avisada, la cuna muy guapa. En realidad, nadie tenía ganas de que saliera esa pelota de mi vulva. Yo tampoco quería. Nos quedamos todos ahí esperando a que asomara esa cabeza de ping-pong. Pero no salió. Mamá dice que eso es del cansancio, de haberla alargado tanto, la biología. Casi como un motín genealógico. La hijita-arriaga diría pues no me da la gana fecundarme y salir, plof, al mundo, para insistir con la causa. Todo es posible. Me he imaginado a veces a otras hijas-arriaga saliendo de otros úteros. Muchas hijas-arriaga llenando el mundo. Divirtiéndose entre ellas, jugando a las canicas y a dar volteretas por algún terraplén. Me las imagino a todas vivitas y coleando, con la posibilidad de estar vivitas y coleando, pero con un padre malo malo malo que no viene a visitarlas porque ha tenido que ausentarse mucho por seguir copulando, ha tenido que marcharse por continuar la procreación, pero ahora el mundo está lleno de hijitas-arriaga, y quién puede tener tanta leche para alimentarlas a todas a la vez, y me imagino a mí, con las tetas hinchadas, dando de mamar a todas las hijas-arriaga que no salieron nunca de mi útero, chupando de mis tetas, agarradas a mis tetas, buscando a su padre en mis tetas, en las tetas de una mamá como de equivocación, una mamá así como fallida, una mamá que no sabe hacer muy bien las cosas, nunca la mamá supo.

Prueba n°17

30 de mayo de 2021

Piiiip

Enfilé el coche hacia la misma bocacalle. Si le digo la verdad, solo era un barrio con pisos de cemento, bloques naranjas y persianas del color de un moco. Algo suculento para alguien que imagina a diario el crimen. Si me detienen, sepa que el espantoso gusto de @paloma89 por el urbanismo fue lo que me empujó a hacerlo. También había bares, ruido, un niño dando balonazos. Pasé varias veces por el portal. No aparqué. Lo observé agachando la cabeza, como si nada, y pisé el acelerador. Así recorrí varias veces la misma calle, adelante y atrás, haciéndola mía, averiguando qué pasos, qué manera era la suya de habitar un lugar como este, ventanas desgastadas, barrotes, una puerta grande de madera, un escalón donde una niña se hurgaba la nariz. Me metí por las calles de alrededor, merodeé la misma durante quince o veinte minutos y, al final, me paré en un callejón solitario y apagué el motor.

Bajé del coche, su señoría, y vi mi cara en los cristales, calle abajo. Ya no había melena. No daba para más colas ni brazos atados a mi cabeza. Podía correr, trepar árboles libremente sin el pelo tirante, enganchado a una rama, a una mano madre, a una rama que me decía, tonta, quédate abajo, no subas más, vas a caerte. Mi cara era una cara rara, boba, desesperada, la cara de un puerco o una delincuente.

Volví a subir las escaleras, oscuras, malolientes. No toqué el pasamanos, tampoco las paredes. El suelo estaba pegajoso, húmedo. En los escalones un olor a podrido me agarró por la garganta y entonces, su señoría, me paré, no quería subir, pisotear ese antro otra vez, todo estaba puerco, envilecido, elementos todos que favorecían de alguna forma la cochinada de la traición. Toqué la mugre, la grasa, qué asco, y busqué una puerta en el pasillo. La mano en la barandilla, las paredes. Al fogonazo de la pantalla del móvil, dudé, ¿segundo o quinto? ¡Quinto, niña! Mamá otra vez, mamá en la cabeza, mamá en el móvil, mamá en el cuerpo, de boca muy abierta y gritona, chillando como un insecto, empujándome a que siguiera, niña, sigue, con la impresión de una porra en la mano. Subí las escaleras muy rápido, a zancadas, jup jup. Y entonces, la puerta y luego el hormigueo, el vértigo, la excitación de la caída. Miré la entrada mucho rato, la mirilla, y pensé en el ojo de @paloma89, clavado allí, a punto de ser acuchillado por mi uña anular. Solo agarré el pomo, como sintiendo el poder de quien rebasa un límite, de quien comete el delito de estar ya al otro lado.

Pensándolo ahora, su señoría, habiendo infringido ya todas las leyes de la humanidad, podía haber cometido entonces, sin apenas notarlo, un pequeño allanamiento de morada. Solo agarrando el pomo y la puerta abriéndose. Luego la habitación amplia y luminosa, cortinas semiopacas de algodón. El olor, nauseabundo, a fresa o frambuesa, o a cualquier pijada wannabe, a un zumo, un smoothie, en la encimera, de yogur o merengue y esos frutos flotantes en la leche. Más allá, en el centro, cuatro cojines plisados zara home, un colchón viscoelástico, con sábanas de franela. Y a un lado, el hueco, el escenario. Yo hincando los talones, destapando el zumo, y solo la Quinta de Mozart chocando contra el suelo irritante de parqué.

Pero muy a mi pesar, su señoría, mi delito es otro.

Desde el lado opuesto, todavía hipnotizada por su puerta, la puerta de esa cerda, me dio por flexionar las piernas, por descalzarme. Dejé el pie desnudo, luego el otro. El suelo estaba frío, viscoso, ya le valió la insalubridad. Había migas, zonas más duras que otras, gotas, un charco de pis. Brunito mío, dónde te metes. Y me fijé en el timbre, después en la cerradura. No tenía llave, ¡todavía! Eran las cuatro treintaitrés de la madrugada. Y lo hice. Lo hice, su señoría. Toqué el timbre. Piiiip. Lo volví a tocar, piiiipp. Y otra vez, y otra, y otra, y una vez más y otra vez, hasta que sentí el portal como estallando, la casa estallando al pitido irritante de mi dedo presionando la rabia. No pudo ser la Quinta de Mozart, señor juez, tal vez más bien la sesión vol. 53 de Shakira. Y salí corriendo hacia la calle. Sigilosa en mi velocidad, los zapatos en la mano, corriendo como un gato. Nadie se enteró. Bajé las escaleras dando zancadas, con los pies acalambrados y un sudor muy frío resbalándome. Yo galopando y casi como jugando a tirarme por un terraplén de césped, riéndome y levantándome para volver a empezar. Pisé el suelo de un salto desde los dos últimos escalones y sentí ardor en el pecho, la respiración entrecortada, síntomas todos ellos de una salud sana y robusta, aunque pensé, por un momento, no crea que no lo pensé, que podía estar algo destemplada.

Pero salí triunfante, letal. Y volví a repetir la misma travesura cinco o siete veces a la semana, eufórica yo acercándome muy veloz a apretar el timbre de esa podenca.

Prueba n°18

Ninguna fecha. El día transcurrió sin fecha.

un korreo helectronico

De: C. _____
Para: Usted

18.03

Buenos días, su señoría:

Podría haber configurado mi correo electrónico para que usted no pudiera acceder a ningún dato sobre mi verdadera identidad, pero sabe bien que mi deseo de conocerle, de hacerle llegar mi testimonio, es tal que solo puedo destaparme, como en una operación a corazón abierto, para que usted mire, lo averigüe todo de mí y caiga más adentro.

No lo niegue, no se resista. Desde que recibe una media de cinco correos míos al día, estoy segura de que le salta la misma notificación en la parte superior de la pantalla: no hay espacio suficiente en la memoria interna. Le aconsejo que borre el contenido multimedia, el caché, hasta algún documento importante, el acuerdo del 22 de noviembre de la Comisión Permanente del

Consejo General del Poder Judicial, o expedientes fiscales varios, ya sean de asuntos contenciosos o no contenciosos, si así lo ve conveniente.

Me evita a toda costa. Yo, en cambio, almaceno toda nuestra correspondencia, la clasifico en carpetas, por semanas, y la releo para aliviar su ausencia, el último lo abrí hasta cinco veces. Me conmueve esta necesidad suya de hacerse de rogar para que no nos separemos ni un segundo.

Ya no se me ocurre otra forma de llamar su atención. He empezado a cometer faltas de ortografía, tal vez así, es probable que, de esta forma, logre estimular su retina y me escriba de vuelta, aunque sea para pedirme por favor que pare ya de lastimarle la córnea. Lo sé. Sé que le molesta. Qué siente? Dígamelo. Qué le pasa si escrivo escrivir con ube. Calamvres? Indijestión? Quito tamvien las tildes? Podria leerme asi durante muxo tienpo? PD: No me fastidie, su señoría, a usted tanpoco le debe gustar que le ignoren. Sii, reniegue, reniegue de mí. Sin mebargo, por ahí anda aplicando la ley a quien no se la pide. Dignum est. Queridísimo Marco Tulio? Baltasar? Bártolo? Barón de Montesquieu?

Yo, mientras tanto, me entretengo imaginándomelo a usted leyéndome, así, un poco disgustado por las incorrecciones ortotipográficas, esperando a que le salga un problema en el ojo. Tal vez esa sea la única forma, la única manera de llegar a usted, de tocarle a usted, una mancha que yo le inoculo ahora está creciendo lentamente en su ojo. En la retina. Un desplazamiento metonímico de su persona a su globo ocular. Es la única forma de imponer mi presencia en su vida. De ocupar su intimidad, la intimidad diminuta de su esclerótica. Así le pediría que me lo describiera morosamente, con detalles, dándome detalles, siendo usted preciso con el dolor, la forma de la herida, cómo se siente desde que la padece. Esto sería un enamoramiento en toda regla, su señoría! No es así? Avanzando en esta lenta e implacable invasión de usted. También le imagino algo inquieto, preocupado, a puntito de marcar mi número. Pidiéndome una aclaración. No se angustie. En todo caso sería una mancha en el campo de visión. Un escotoma. Podría ser una leve hemorragia en la retina. Debería ir al oftalmólogo, aunque creo que no es nada. Se cura solo. Ajá! ¿Lo ve? A medida que pasan los días, nuestra historia va cogiendo polvo, se emborrona y enreda, con lo fácil que hubiera sido que usted descolgara el teléfono a la primera!, como digo, se irá volviendo más y más engorrosa, ¿no lo ve?, sobre todo ahora que tiene manchas por dentro. Piénselo. Así es más fácil verlo. El problema, la suciedad, está en su ojo, no en mi delito. Deberemos soportarlo. Ahora aténgase a las consecuencias. Ni se le ocurra ir al médico ¡!!!¡

Prueba n°19

7 de junio de 2021

Aquí tú eres el king

Aparqué en la misma calle, bajé sin descalzarme, aunque ya me iba acostumbrando a los extraordinarios beneficios del masaje podal, llevándome a mi paso chicles, orina de perro o de gato, pipas, piedras, etc., tras el ya mítico timbrazo de las cuatro de la madrugada.

Pero esta vez no lo hice así, su señoría, esta vez me quedé en la calle, esperando. Ni un solo gesto de temeridad, solo mi cuerpo apostado en el portal, expectante a su salida hacia el trabajo, y yo algo comedida pero muy cambiada, su señoría, andaba encajada en un vestido largo y negro, con zapato cerrado y una cinta absurda en el pelo. Me fui probando en este proceso de transformación profunda, su señoría, me iba tanteando yo en el juego, su señoría, en el juego de ser a veces un poco más ella, de habitar sus calles, sus gentes, con el calzado apropiado, medio tacón y clas clas en el suelo, de tener el pelo atado por el mismo extremo, de sentir la presión exacta del pelito derecho al engancharlo con el turbante. Era este dolor de arrancarme de mí para avanzar hacia ella.

Y tras unos minutos muy largos, yo probándome en sus muecas, en sus modos de tomar el aire y de expulsarlo, de agarrar el cigarro, así, qué sé, imaginándomela, por qué no, fumadora, en su forma de presionar la nicotina entre los dedos, entonces, al fin, su señoría, la vi salir a la calle, al fin coincidimos en el espacio. Fueron unos segundos cortísimos, suficientes para endiñarle con una baldosa o una zancadilla, para hundir un machetazo en su cabeza o sorprenderla con un corte resuelto en la aorta. Pero no quise propasarme. Eran solo las siete y media de la mañana.

En esa breve coincidencia espacio-temporal, ella delante, enfrente, y yo a un lado, mirándola en sus pasos, un dos un dos, en su forma de vestir, exacta a la mía, me sobrecogí al sentirme extrañamente duplicada, escindida, como atravesada por un cristal, un espejo que nos devolvía la misma imagen a ambas, pero ella no quiso darse cuenta, ella no quiso verlo, no quiso verme. Era una imagen, la suya o la mía, que iba desmembrándose hasta el desvanecimiento en la calle. Yo me veía allí, muy lejos, ya entre los coches, a punto de arrancar hacia el trabajo, cómo podía ser, desapareciendo entre el tráfico y la gente. Qué truco, qué hechicería era esa. A pesar de haberme vestido con sus rutinas, de haberme puesto de revestimiento en el cuerpo sus faldas y tacones antiguos, me había expoliado ella a mí!

Cuando la vi ya muy lejos o no la vi o ya no era más que un residuo de mi reflejo, metí mi-su cuerpo muy aprisa en el edificio y, exhalando todo el aire, asumí de algún modo el trueque, el intercambio, qué sé ya, hasta me puse a andar por su casa con la calma de un vecino. Fui subiendo las escaleras, evitando el pasamanos, limpiándolo de a poco, eso sí, con un trapo y sanytol. Saludé a la del séptimo, que justo sacaba de paseo a su perro, y comenté no sé qué sobre el tiempo al portero en el rellano. Acostumbrando a vestir y a andar como @paloma89, a comprar en las mismas tiendas, a peinarme con ese cutre corte afrancesado, transmutada casi por completo, estaba segura de que el vecindario me confundía ya con ella, de que el vecindario me asumía muy ella, todavía más ella incluso! Y a mí esto me llenaba de la más enorme felicidad. Tal vez así, en este atraco a la inversa, en esta permutación, digamos, amable, pensé que podía yo repetir mis momentos saqueados con Bruno, podía yo reiniciar mi vida entera, la descarga del primer enamoramiento con Bruno.

Solo me entró, así, de repente, un pequeño súbito de compasión, debo decir, su señoría, sí, pensé, irremediablemente pensé en el camino contrario, el de esa gorrina caminando hacia la desgracia, primero al trabajo, cobrando lechugas y puerros, cuando en mitad del embolso de las acelgas se diera cuenta de la pérdida. Él ya no vendría a visitarla, ya no vendría a decirle te amo, ahora solo serían cuatro frases mal escritas en el chat de otra. Y así proseguiría la cadena. Entonces solo ella, @paloma89, arrastrándose detrás de otras mujeres, enloqueciendo, como yo, como yo, como yo, persiguiendo a desconocidas, probándose sus perfumes para introducir todo el olor ajeno en su nariz dilatada hasta lo increíble, para retener el tufo a otra, y entender y comprender a qué olía el reemplazo. Y aún insatisfecha y muy insaciable, insistiría espiándolas en los baños públicos del aeropuerto de Copenhague, por ejemplo, o en las vacaciones en la playa de Chipiona. No importaría el lugar, el momento, con tal de reclamar de vuelta lo que un día le arrebataron, hasta llegar de nuevo aquí, de nuevo a mi timbre, mi ahora nuevo timbre, y encontrarse conmigo, pidiéndome lo que era suyo y ahora iba a ser mío, enteramente mío. ¡Ja!

Ya delante de la puerta, saqué de mi bolsillo lo que podían ser unas llaves o una tarjeta o una radiografía. La pasé por la cerradura, después agarré el pomo, lo giré y plas. Plas. Plas. Plas.

Nada. Hasta ahí llegó mi apropiación. Para mi desgracia, tuve que quedarme en el pasillo, sentada en la escalera, elucubrando una vez más sobre el interior de esa casa.

Confieso, su señoría, que durante un tiempo, y mucho antes de que se me pasara por la mente esta fantasía del intercambio, había tenido la certeza de que esa puerta se abriría, de que podría meter mi cuerpo más adentro y pasearme por su espacio, ocuparlo con toda la libertad que me permite mi tamaño. Por qué no iba a poder ser. Por qué no iba a poder entrar yo en su casa si ella había irrumpido en la mía, entrando y saliendo a su antojo, incluso de una forma metafísica! ella había asaltado mi cabeza. Ya no tenía el poder de echarla cuando me viniera en gana. Ella se paseaba por mi cerebro, ocupándolo a diario. Tenía en mi organismo a una especie invasora, a una okupa.

Como no pude hacer más que darme de narices contra esa puerta o alargar mi imaginación hacia el otro lado, agarré cinco folletos que ella había dejado sin recoger en el pasillo, la muy desorganizada, y los ojeé un rato largo, muy largo. Me fue apeteciendo comer, llenar el buche, porque, por alguna razón, tener en las manos esa propaganda me acercaba un poco más, tal vez, al interior de esa casa, al tipo de comida que ella muy probablemente consumiría en el mobiliario de su vivienda. Así que me decidí entre esos cinco restaurantes coreanos, de pizza cuatro quesos y arroz tres delicias, y encargué una hamburguesa bien cargada de queso, salsa, patatas fritas deluxe y una coca cola grande.

Marqué el número de teléfono y esperé a un lado del auricular. Si esto hubiera ocurrido hoy, todavía con esperanza y sin importar qué número, qué prefijo, qué línea, solo estaría esperando una única voz al otro lado, irremediablemente la suya, su señoría, la suya. Pero no pudo ser. Por aquel entonces todavía no tenía el placer y la suerte de saber de su existencia, su señoría.

Cuando la dependienta contestó sí dígame, fui repitiendo despacio los productos kétchup, mayonesa, mostaza, barbacoa para que no se olvidara ni de la sal. Muy a mi pesar, no pude preparar la mesa, ni colocar un mantel, ni cubiertos, ni vasos, ni servilletas. El escalón era algo estrecho para todas estas necesidades, pero las desavenencias favorecían a ese paisaje insalubre.

Le dije a la mujer que no se molestara en tocar el telefonillo, que a mí me gustaba acompañar a los repartidores desde el portal de abajo hasta mi casa, subiendo muy juntos por las escaleras, para charlar sobre el tiempo y las anécdotas del oficio.

Cuando le di dos billetes, algo de propina y me senté en mi ya íntimo escalón, a punto de hincar el diente, noté que me miraba algo confusa, así que también le hice saber que no entendía muy bien de qué se sorprendía tanto, con estos calores, ya sabe usted, en el pasillo se está más a la fresca que dentro de casa.

Sobre mis rodillas: una hamburguesa de tres pisos, un refresco, patatas fritas deluxe. Y empecé, voy a empezar, me dije, como repitiendo un salmo, un rezo, delante de esa puerta hermética, bendiciendo la escalera, amén, el pasillo, mi casa. Tomé con las manos el pan y lo apreté con los dedos hasta derramar toda la salsa, primero precipitándose por mi brazo, por la comisura de los labios, después di un mordisco, y así me fui paseando por el rellano, dejando el contenido de su propaganda bien esparcido en el suelo. Los dedos se hundían con una avidez espléndida en el bollo, una hoja de lechuga cayendo sobre el suelo, el vaso de coca cola escurriéndose entre mis manos, ups, hielo y líquido por todas partes, más limpio que todo el edificio, he de decir, salpicaduras en la pared, el pomo, las plantas de interior, y entonces, de repente, un mensaje de Bruno, qué quiere ahora, me miré los dedos, muy sucios, por cierto, agarré el móvil como si fuera otra hamburguesa y apreté la mano sobre la pantalla, resbalándose, empañando el metacrilato, un mensaje, te quiero, decía, te quiero, y al otro lado el pasillo, las escaleras, todo empantanado, con olor a curry y miel y mostaza, te quiero, me decía, a estas alturas de la historia, carajo.

Prueba n°20

No hubo día. Tampoco año.

Me diría

De: C. _____
Para: Usted

10.31

Mientras veo planear a las gaviotas, pienso en usted. También en Bruno, en mami, en todos, pero usted, sin saberlo, ¿me oye?, se ha convertido en mi mejor amigo. Dedico mi largo tiempo de vacaciones a buscarle, a tenerle entretenido, a llamarlo a todas horas. ¿No ve que usted me importa?

A veces, cuando me quedo amodorrada en la arena, sin madre, sin novio, sin nada, solo con el rumor tranquilizador del agua, me adelanto a sus contestaciones. Imagino la estructura de sus frases, arial 12, interlineado 1,5 y el párrafo por justificar, todo bien ordenado, por esa costumbre suya de redactar sentencias.

A mi último correo usted me respondería que es lo mejor que he escrito jamás, que mis llamadas y mails se han convertido en un relato de una sordidez exquisita, y donde además arriesgo.

Tiene algo de Faulkner, diría. Qué más se me podría pedir, señor juez, qué más, teniendo en cuenta que me estoy ciñendo al estilo neoyorkino de la novela negra para manejar su mismo lenguaje forense, jurídico, para que usted se sienta como en casa. A lo que usted me respondería, algo desenfrenado: eres de verdad una pedazo de zorra hipertextualizada, me diría, por el refinamiento de mi delito y mi escritura. Y estoy segura de que, si estuviéramos en la misma habitación, usted me odiaría y me amaría a partes iguales, después de darse por vencido, me diría, no bajes la guardia, me diría, muchos bajan la guardia y se quedan solo en promesas, no quisiera que pasara eso contigo.

Ayer estuve pensando que el esfuerzo merece la pena, su señoría. Cuando estén a punto de arrestarme, si así lo consideran, y usted se quede tuerto, ciego, por el exceso de errores ortográficos, pensaré que al menos puse lo mejor de mí en esto. Voy a darte calambres en el ombligo con una pila de petaca, me diría.

Y antes de colgar, concluiría diciéndome que mi confesión multiforme es como una ecuación: puede tener una o infinitas soluciones, pero debes resolverla, diría. Despeja la X cuanto antes, mon chèrie. Me entusiasma pensar que usted me apelaría con motes y sobrenombres, asegurando nuestra ya estrecha intimidad. Aun así, me diría, veo que falta naturalidad, y eso es esencial. Sobreactúas. Si escribieras sobre un tejón, sospecharía que tu modelo es un abrigo de invierno o una alfombra.

Prueba n°21

13 de junio de 2021

Todo dado la vuelta y del revés

Entré mirando cada paso que daba Bruno, un dos un dos. Podría haberme abalanzado sobre él, para asesinarlo y amarlo a partes iguales, hacerlo mi difunto y mi marido, hacerlo de mí, mío, y luego del coito pasearnos matrimonialmente por el campo, con un helado de limón y una flor en el pelo, podría haberme echado sobre él como loca, tomarnos un champagne a la luz de las velas.

Pero la realidad es que él no decía mucho. Yo le miraba de espaldas, caminando detrás como un zorrillo. Un paso por delante, él me conducía por el salón, el pasillo, habitaciones ya muy exóticas para mí, su señoría, en una casa de la que ya me había arrancado, su señoría, de la que ya me había salido así, fiuuu. No me convencían mucho el suelo, los jarrones, esa manera de colgar de las cortinas, con un decorado entre neoclásico y pop, pero si lo decoraste tú, tonta, y luego una cocina con olor a nevera vacía, de una sola zanahoria y una lata de cerveza a medias y, al final, nuestra habitación. Yo algo distanciada todo el rato, muy detrás, casi con un pie en la calle y otro más o menos dentro, y él volviéndose sobre su hombro de tanto en tanto, como sospechando de mi posible huida, de mi muy probable fuga por la ventana del salón.

No me sacaba mucha charla. Tal vez estaba midiendo el modo de meterme de nuevo en nuestra cotidianidad, de ir entrenando el hogar juntos, milímetro a milímetro. Un dos un dos. Qué pasa. No te gusta el olor. Es la freiduría de abajo, ya sabes que a veces se cuela un poco, puedo cerrar la ventana. No, no, me encantan los boquerones. Pasa, pasa. Parecía preocuparle la forma en que yo me podía ir habituando de nuevo a las distancias entre el mueble y la mesilla, la maceta y el colchón. Un dos un dos. Tal vez quería asegurar la pared a un lado y a otro y a otro y a otro, y entonces la puerta, plas, hasta quedarnos solos, juntos, en el lado opuesto de todo. Tal vez así, amurallados por las vigas y el gotelé y las bisagras, estaríamos más íntimos él y yo, unidos y alejados al fin de lo demás. Incluso, tal vez así, desde la ventana, desde donde por un momento pensé lanzarme para huir, toleraría mejor los gritos de las novias de Bruno, llamándolo a asomarse, con pitos y bocinas y una pancarta gorda, y todas ellas trepando, una rubia, otra de pelo rizado, húmedo, la otra con cuello normando, agarrándose a las varas, a las macetas, a las espinas de los cactus, los dedos de los pies enganchando las barandas, como pájaros, como bandadas de palomas, y yo echándolas de allí con la escoba, espantándolas con la pala, el recogedor lleno de mierda de la casa, vertiéndolo sobre sus gargantas abiertas como inodoros, fuera fuera, y ellas chillando y otras pariendo bebés, expulsando bebés como bombas, ¡nos atacan por detrás!, y yo sacando el brazo y la patada, y el cloroformo y el gas pimienta, fuera fuera, ¡a la retaguardia!, y bruno y yo echándoles fairy y el nórdico y soplando imperdibles con la boca. Ellas queriéndose meter por la ventana, saltando la verja, forzando las puertas. Heladas y hambrientas, podía haberles ofrecido un poco de sopa, un coñac, dándoles el permiso de romper los cristales porque para una cosa así no había horario que respetar, podía haberles leído sus derechos, dejarles derribar nuestro aire acondicionado, sentarlas a la mesa a comer cocido y potaje de chorizo y espinacas, brindando por el amor y las coincidencias genitales, hasta ir manejándonos al amante muy bien entre todas, pasándonoslo como un balón, una bola de vóley, encestándolo a gusto en nuestras vaginas, desinfectado y aseadito, nos lo iríamos pasando diez veces por semana, con esa frecuencia exacta.

Sin embargo, la ventana estaba muy quieta, un arbolillo, el viento haciendo lo suyo y solo una paloma pequeña con su gru gru gutural. Poco más. Mientras tanto, Bruno, que no se entera de nada, ya andaba en el dormitorio, esperando en el centro a que me arrojara sobre él, a que le tomara el sexo y le hiciera dos o tres gamberradas, pero sí parecía quejarse de la tirantez, la pausa, él y yo sin reaccionar con demasiado instinto, como desconfiando del otro, por qué sería. A mí se me sugería borroso, o no lo estaba del todo y lo que ocurre es que ahora apenas le recuerdo bien, solo se me aparece como un gurruño descompuesto, pero sí veía su metro noventa, los brazos delgaditos, de esqueleto a punto de caer al suelo, plaf.

Entonces me di cuenta del vapor, del agua abierta en la bañera. Se le había pasado por la cabeza una reconciliación de película americana o qué. Metí un pie, luego otro, lo cierto es que la temperatura era exacta, y se puso a lavarme el cuerpo con una esponja y gel. Cada burbuja de jabón la entendí como una trampa. Yo también había predispuesto mi bolso con armamento modesto, navajas y gas lacrimógeno y electrochoque. Nunca se puede saber, su señoría.

Y entonces comenzamos. Él se desplomó sobre mí en el agua, y un poco de lameduras y mordiscos y dándonos la vuelta, él empujándome. Luego tumbado boca arriba le aparté la prenda empapada y le miré el sexo, ya grande e hinchado. Como un garrote lo aguanté con los dedos, de un tamaño proporcionado y encantador, ya lo iba echando yo de menos, y me lo metí en la boca, así, abriéndola mucho, y pensé en tenerlo todo el rato en la boca, su señoría, para guardarlo muy adentro, yo lo cuido. Tomando a Bruno así por el prepucio me lo iba controlando yo y me iba apaciguando el temor a perderlo otra vez. No quise soltarlo, y él desencajado por el placer y yo tragándolo más adentro para tocar su ombligo y mi laringe, y pensé si era posible ingerirlo hasta el estómago para que le fuera difícil retroceder.

También le metí el dedo y le tomé los testículos, quise agarrarlo por todas partes, atravesarle el cuerpo con las manos, desde el colon en adelante, enfundándomelo en el brazo como una marioneta, hasta mover su garganta, la mandíbula, para enseñarle el lenguaje desde el inicio, a decir las palabras que yo quería que me dijera. Y le pedí que me lo volviera a hacer, el dejarme la boca muy ocupada por su miembro, para estar los dos muy juntos, pegados los dos, en un mismo cuerpo algo extraño y desbaratado. Y así, solo así, teniendo a Bruno en el interior de mi boca, babeándole el escroto, solo ahí pensé que, a lo mejor, efectivamente, se había dado todo la vuelta. A lo mejor ese mensaje que podía haberle escrito a @paloma89, que, dados los últimos acontecimientos, correspondía a @paloma89, te quiero, te quiero, era ya solo para mí. A partir de aquel momento comencé a confiar en la hechicería y la nigromancia.

Desde aquí se podía reanudar todo, el destino, las mañanas con tostadas de tomate, una excursión al museo, veinticinco sentadillas y una carrera por el campo. Mientras, a mami me la intuía furiosa, subida a un pino, esperando a atacar mientras Bruno y yo le dábamos la vuelta a los sucesos.

Ella defraudada, delirando, pensándose a la inversa, siendo mami la desplazada, la herida por un machetazo, una cuchillada en la espalda. Cómo se te ocurre, tonta, me decía imaginariamente, cómo no ves, boba. Y así se intercambiaron alegremente los papeles, su señoría, yo reiniciando mi felicidad junto al hombre y ella lejos de nosotros. Mami en el río, confundiéndose con los patos, a punto de interceptarnos en el paseo. Mami en la gasolinera, trucando el autolavado, saliendo de entre los rodillos. Mami en el restaurante, echando arsénico en la comida. Mami cayéndonos en paracaídas, aterrizada sobre las caipiriñas de la terraza. Mami mami mami mami.

Pero yo deseaba, su señoría, ahora que todo estaba del revés, su señoría, yo deseaba dejarlo así. Ella muy lejos, desaparecida en una aduana, como sin conocernos. Yo reanudándolo todo desde el comienzo, sin madre sin padre sin. Solo yo sola, con brunito, caminando al fin muy recta y derecha.

Prueba n°22

1202 ed otsoga ed 61

A mí me gusta correr, su señoría

Yo no sé hacer eso. Ni de hija ni de madre ni de abuela. A mí me gusta sentir que me estoy yendo todo el rato. Fiu. Fiu. Un poco por allí. Otro poco por aquí. Pero nada de estar fijamente mirando la pared, el cuadro de cristo crucificado sobre el cabecero de la cama. ¿Usted no necesita ese rato a veces? Me imagino así, echando a correr. Me pongo a correr por los pasillos de casa, ahí los biberones, mami colocándome las compresas más gordas e incómodas, manchándose las manos con ese aluvión, póntela así, ¿ves?, de esta manera no se te mueve tanto, ¿y el tampón?, probándome el tampón como un pene delante de mami, así, bien adentro, que se quede metidito, muchos años, molestando, muchos años, y tómate el antalgin, ha dicho el médico, para que luego no te duelan los ovarios, y sigo corriendo por la cocina, mami metiéndome en la boca la paella de piña y brócoli, una arcada, sigo corriendo, huyendo, y escucho en el dormitorio cómo fornica con papi, mientras papi recibe mensajes a todas horas de cristina melany natalia anastasia nina ana y mami llora mientras él le sigue dando por el culo metiéndole el dedo por el

87

culo el pene gordo y grosero por el culo, y yo sigo corriendo, corro, corro, jup jup, y me meto jabón en la boca porque he dicho muchas palabrotas, perdón, su señoría, mamá oliéndome el aliento por si he consumido, mamá preguntándome por los condones, por los maromos, cuántos te han engañado ya, hija, me pregunta por los pelos de los genitales de bruno, por los pelos de mis genitales, puede que esté embarazada, es posible que esté embarazada, y las dos no nos echamos a llorar porque llorar es de hombres decimos a ver si les toca de una putita vez a los hombres pero queremos llorar sabemos que queremos llorar, ella sabe que quiero llorar, yo sé que ella. Porque otra vez otra vez porque otra vez puede repetirse esto, su señoría, un cristo crucificado con compresas gordas y antalgin y penes groseros y paella con piña y brócoli, pero nos peleamos un poco, le digo que es una infancia para tirar por la ventana, ¡esta infancia es para tirarla por la ventana!, y me dice estúpida, siempre me echas la culpa, y me agarra y me odia y yo la odio también, su señoría, noto algo, un movimiento en la barriga, ¡mami, se mueve!, y nos ponemos felices porque en estos casos hay que ponerse muy felices, avisar a toda la familia, papi dónde estás, pero no sale del útero, la niña, ¡porque es niña!, no sale del útero, le digo mamá le digo ya no hay carne de mi carne, si es que es normal que no haya carne de tu carne, la carne ya está aburrida mustia mareada de tantos bandazos.

Me imagino otra vida, su señoría. Me imagino saliendo de hacer el amor con Bruno, poniendo la mesa, viéndolo hacer la barbacoa para la niña, meciendo a la niña, jugando con la niña. Pero ¿sabe qué ocurre? Después me veo yendo al jardín de mi casa, sentándome en el jardín, mirando a mi hija, a mi marido, y algo en todo eso me parece mecánico y artificial. Como si algo nos estuviera dando cuerda. Y no me lo creo. Por eso mejor me imagino a mí sola, borrada de ese estúpido árbol genealógico. O esperando a que termine de morir toda la familia. Y yo sola. Con las piernas abiertas al borde de un acantilado bien bonito. A ver si me penetra una paloma o la santísima trinidad y me embarazo de una estirpe al fin buena y santa.

Prueba n°23

6 de octubre de 1492

una comarca española situada en la parte occidental de la provincia de Almería

Wikipedia
Superficie: 813,8 km²
Población: 16.056 (2011)
Capital: Laujar de Andarax

De: C. _____
Para: Usted
17/08/2021
13.56

A veces, tengo que decírselo, me da pena, sí, que desde esa postura suya autoritaria y reposada no pueda experimentar usted el desconsuelo, el arrebato ocasional del pecho inflamado de concupiscente alegría celestial, ¿comprende?, después de tantos días compartidos conmigo por aquí en la playa de Garrucha. Me gustaría que a usted le perdiera una especie de devoción por mí. No es tanto lo que le pido.

Llevo todo el mes en un sinvivir. Pensaba que tardaría menos en contestarme. Bueno, es una forma de hacer tiempo lo suyo, ¿verdad? No quiere darme muchos más datos que su silencio, para favorecer este fanatismo por usted. Sin embargo, no crea que he pasado por alto ese rasgo suyo de la personalidad, la timidez. Pienso que debería hacerlo más a menudo. El ir entregándose, cediendo alguna pista sobre su carácter. Al fin y al cabo, todavía es usted un desconocido al que fío mi intimidad. Cuando le pregunto, usted responde esquivo, muy huidizo y silencioso. Debe de haber tenido una infancia muy difícil. Una madre exigente. Sin padre. Muchos libros. Ahora que han pasado unas semanas, me doy cuenta de que no le conozco tanto como pensaba, aun así, mantengo con usted una fidelidad maldita, converso con usted todos los días. Pienso que es un hombre seco, con esa asepsia en la respuesta, otras veces violento, hasta infantil, pero con un bagaje cultural portentoso, del que se jacta solo conmigo. Debe de vivir solo o con su madre. No tiene pareja, al parecer. Es arisco, ermitaño. Sin embargo, tal vez por las manías de su oficio, tiene la urgente necesidad de examinar el comportamiento de los demás, al menos el mío. Siento mucho lo de su padre. Cuando dice o no dice que su madre era exigente, ¿a qué se refiere? ¿Le pedía más de lo que usted podía ofrecer? ¿Por eso es usted tan tacaño en sus respuestas? ¿Por miedo a jorobarla?

Ha de saber que a lo largo de los próximos días seguirá recibiendo noticias mías. Se las haría llegar a través de los amigos turistas que se agenció mamá en la playa. Pero no lo haré así, puesto que no son cristianos viejos, y a usted eso podría asustarle. Además, desgraciadamente, hablan un español ladino bastante inapropiado. Hágame saber si necesita algún tipo de vino de las bodegas de la Alpujarra almeriense.

Me despido reposada, algo conmovida, en esta hermosa mañana estival en la que, al parecer, la canícula nos ha dado una breve tregua.

Se despide desmayada,

C.

Prueba n°24

21 de junio de 2021

A B C D Tangana

Habíamos entrado en el pabellón C de un recinto para conciertos. A mí me apeteció una burger y bruno insistió en que llevaba tiempo sin comer perritos calientes. Guarreados los dos, nos compramos también unos cachivaches para el pelo, unas camisetas fosforitas y entramos en la nube de fanáticos del siguiente cantante, un tal D Tangana.

Allí mamá seguía acechándonos, o eso sospeché. Con su gorrito de cheetos y una coca cola me la veía saltando entre las multitudes, intentando trepar a cualquier plataforma para observar bien el paisaje, para tenerme bien enfilada, a puntito de iniciar cualquier posibilidad de ataque.

Yo me seguía metiendo entre la gente, con brunito de la mano nos íbamos acercando al escenario, los dos nerviosos y muy conmovidos, esperando al cantante que a veces también se hacía llamar madrileño, huíamos a la vez de mami, y ella subida a un hombre, parecía que lo espoleaba para venirse más a nuestro lado, así como diciendo ¡arre arre!, y nosotros nos escurríamos entre los fanses y los vendedores de cerveza, y mamá se seguía subiendo a otro y a otro y parecía treparlos a todos, dándoles directrices exactas de la dirección, el ángulo, el bullicio, el gesto histérico del dedo en alto, ¡siga a esos dos!, sujetando un mechero de plástico en una mano y un rifle y un hacha en la otra. Y yo como loca por avanzar, por empujar a Bruno hacia el límite del escenario, por separarnos juntos de mami y desengancharnos de ese cordón maldito, quise que empezara la música, que el baile movilizara a los fanses y a los mochilaman y a los sedientos, para ir arrastrando a mami con el estribillo y empujando a mami como si nada con la estrofa y el pam pam y el tututu hasta acabar expulsándola del recinto.

Y en esto que iba tirando de bruno y mirando hacia atrás para perder a mamá, en esto que iba calibrando los dos lados, despejando el de mami, ahuyentando el lado de mami, porque yo había decidido, mamá, es que yo ya había decidido en qué zona quedarme, y en esto que le pedí la hora a Bruno, que me dijera la hora, cuánto falta, cuánto queda para que salga el madrileño, y entonces volvió a pasar, su señoría. Ya decía yo que estaba durando mucho el intercambio, esa magia potagia del trueque entre la madre y el hombre. No estamos hechas para estos finales felices, ¿no es así, mami? Nunca leímos demasiadas novelas. Así que, de nuevo, todo del revés, mami y yo del mismo bando, con estacas y los electrochoques, imaginándonos también a la caballada de hombres a punto de iniciar una rebelión masiva contra bruno, porque el muy imbécil, al otro lado, el muy lelo y atontado, andaba otra vez mirando el móvil, chateando en el móvil, y mi espina dorsal gélida y en la pantalla una foto de @paloma89. Yo pidiéndole una explicación, si siempre llevas los fondos que vienen por defecto, una aurora boreal o un lince, de qué manera, qué ritual, qué examen había que aprobar para estar en la pantalla de Bruno, para estar contenida en el móvil, en el flechazo virtual de Bruno.

Estaba claro que su amor excedía todos los límites y el mío se había quedado corto, recortado, fuera de toda alternativa computacional. Me dio por pensar en los cables, la abertura de los altavoces y el micrófono, en la manera de entrar, ya fuera desde los laterales, por arriba o por debajo de la carcasa. Así que primero probé metiendo los dedos en donde se introducen los cargadores, los auriculares, a ver si así, de alguna forma conseguía pasar al otro lado y obligarle a tenerme muy adentro de su móvil. Y él arrancándomelo de las manos y yo forzando el introducirme con la uña, al menos con la uña, probando sus trucos, igualándome a su capacidad de transmutación. Y presioné los agujeros del teléfono, también las teclas, y mami montada encima de otro hombre, animándome a que golpeara a bruno, ¡en los algoritmos!, y yo intentando abrir ese dispositivo, ese aparato del demonio para permitirme también el estar ahí dentro, dentrito del amor de bruno, por qué yo no, y pensé en la posibilidad de entrar en estado numérico, matemático, teniendo el cuerpo perdido, fugado, hasta disolverlo en el interior de ese teléfono. En un arranque de cólera y ansiedad me vino el deseo urgente de ser una fórmula de lenguaje informático y seguí empujando la pantalla con mis uñas, destrozando el metacrilato, arrancando los cablecitos, buscando entre la batería y la tarjeta sim si había escondido allí a alguna otra mujer.

Y entonces, con el móvil ya despedazado en el suelo, me di la vuelta, y saliendo de allí, asumiendo mi limitado estado mortal, empujando a los fanses y a los mochilaman y a los sedientos, vi cómo todos alzaban sus móviles a la llegada de D Tangana al escenario, y yo seguí avanzando sin girarme nunca, y todavía el colmo, su señoría, los teléfonos grabando todo aquello, encerrando en sus galerías y mensajes al bueno de D Tangana, y yo de espaldas, asumiendo mi entera carnalidad, deseando, por otro lado, ser ese madrileño, por probar el estar un rato, un momento de nada, en el interior de esos teléfonos, por probar a alargar mi amor hasta el dispositivo ya imposible de Bruno.

Prueba n°Æ

Algún día de junio

gru-gru

Durante varios días de junio, antes de que mamá se decidiera a llevarme a Garrucha, ocurrió algo insólito, su señoría. Cuando me paseaba por la ciudad, de camino a casa de mi madre, o me quedaba muy quieta, sentada en un banco, sin mucha gente alrededor, yo sola, como digo, en completo estado de ameba, en profundo decaimiento espiritual, comenzaba a notar que me veía extrañamente perseguida por el arrullo de las palomas, un compás binario, entre el grrrruu-gruuuu-grrruuu-grugru y el uuhhuuueee-aaaaeaea. Pero ¡había más! Cuando se quedaban cómodas, apostadas como diez o veinte en mi banco o en la puerta de mi casa, se emocionaban cantándome por bulerías en tono muy festivo. Sí, sí. Reconozco que al principio me sorprendió oírlas hablar, pensé de inmediato qué tonterías son estas, a ver si dicen algo con más fundamento, pero después de haberlo pensado detenidamente, he de decirle, su señoría, que ya no me asombraba en absoluto. Me puse a dialogar con ellas, sospechando que, tal vez, podían ser parientas o conocidas o fanáticas del imperio de @paloma89. Confieso que incluso llamé a una de ellas para que me contara todo cuanto sabía sobre su señora. Fueron verdaderamente diligentes y diplomáticas conmigo. Las palomas son unas oradoras excelentes. Desearía transcribirle las conversaciones que tuvimos a lo largo de esos días de junio, pero no tengo la forma de hacérselo llegar porque entre el gorjeo, las improvisaciones métricas y los octosílabos requeriría de todo un aparato de partitura experimental para que usted entendiera. (Tendré que conseguirle de algún modo la conversación que mantuvimos las palomas y yo. En cualquier caso, una de ellas se ha ofrecido sin duda a testificar en el juicio).

Todavía hoy, cuando las veo merodear por la playa de Garrucha, muy quedas, apostadas en mi hamaca o en la cabeza blanda de bruno, me pregunto si vienen a pedir arroz o a organizarme un motín. Desde entonces siempre llevo en el bolso un humilde saco de paella valenciana y unos cuantos punzones y clavos. Más vale prevenir que curar, su señoría.

Prueba n°89675

208 de agosto de 2021

Quién es su señoría

De: C. _____
Para: Usted
19/08/2021
21.43

No quiero una foto. Y no piense que no se me ha ocurrido buscarlo por google. Mi interés es muy simple. Descríbamelo usted, dígame cómo viste, de qué color es su ropa. ¿Su piel es tersa, suave? ¿Lleva náuticos o zapatos de doble hebilla? Para su conocimiento, no pretendo nada más que eso: saber de usted por usted. Ya me ronda desde hace unos días esta idea de mirarlo, de encontrarme con usted, cara a cara; le insisto, desearía verle.

Rehago mis correos, me corrijo en mis propios mensajes a su contestador, también me respondo a mí misma imitando su posible cadencia, destripo nuestras cartas como si esto fuera un camino acertado hacia usted, una forma de abrirlo a usted, de mirarlo de muy cerca si desmonto el móvil o el ordenador. Deseo examinarle por dentro, entre tejidos y membranas. A veces me da por imaginarme supliendo los órganos inservibles, como su boca, ¡su lengua!, que descuajaría y cambiaría por pilas desechables, no sé, para darle cuerda a su laringe.

Lo suyo es un cuerpo que ha ido cambiando en mi imaginación según le hablo. No tengo fotos, referencias reales como una cara, las boqueras de unos labios o la irritación de sus ojos, que me puedan servir para derribar el espejismo. ¿Quién es su señoría? Solo tengo hipótesis, fantasías.

Oiga, oiga, lo que me impulsa no es un deseo primitivo. No se confunda. En todo caso, no me interesaría una vulgar manera de entender su cuerpo. Yo le he hablado muchas veces del miembro de mi brunito. Qué puede significar para usted, que acostumbra también a llevar un cimbrel a todas partes. Por aquí, por allí, compruébelo, compruébelo por usted mismo. ¿No es verdad? Corto, delgado, comprimido tras la bragueta, un poco engurruñado, diga, deme detalles, necesito saber, el brazo es atlético o rechoncho y la pierna entrecruzada los sábados. Además, qué debe importarle esto a su señoría, que esteriliza el lenguaje hasta gasificarlo, lo disecciona a diario, lo manosea con la asepsia de un cirujano. Haga lo mismo conmigo, por favor. Cuénteme cómo se mira, cómo se percibe, júzguese, su señoría, con la naturalidad de su oficio. Estoy segura de que nunca, como ahora, ha sido acusado y juez al mismo tiempo. Yo le animo, le empujo a divertirse un rato. Hagámoslo.

No crea que somos tan distintos, me refiero al aspecto. Me da la impresión, por la extrema delgadez en sus respuestas, de que no es usted muy grueso, ni muy inclinado al buen comer. Lo imagino estrecho, de ojos verdes y mal aliento. Ya le dije que alguien que no habla mucho acostumbra a cerrar la boca bastante rato y esto es un llamamiento a las bacterias.

Créame, comprendo su silencio y que últimamente ande algo ausente. Está usted huidizo, me responde con evasivas, no me da ninguna explicación. Debe de ser la rutina, el trabajo, el miedo a perder el vínculo. Entiendo que desde el teléfono es más fácil mantener la tensión apropiada. Si nos viéramos, nuestra relación podría resultar un verdadero fracaso. Y no querría eso jamás. Hay algo en el riesgo que le estoy pidiendo que sin duda me parece caprichoso, perdóneme el atrevimiento.

Pero me impacienta, su señoría. Debo admitirle que a veces temo que al fin usted descuelgue el teléfono y que su respuesta a mi confesión sea sencillamente: no sabes cuánto te lo agradezco, revisaremos tu caso lo antes posible, gracias. Y la diera por concluida. Después, la pantalla del teléfono parpadea. No hay más mensajes. Oscuro.

C.

Prueba nº548372

20 de agosto de 2021

Las vacaciones que nunca tuvimos

Mientras mami y yo desvestimos a Brunito para cambiarle los pantalones por un bañador de estampado tropical y sacudimos toda su ropa, veo que se le cae al suelo un objeto, una plancha, un llavero, no, su teléfono.

Ahora que lo tengo en la mano, sé que se me antoja, no, que se me requiere ahí dentro. No crea que me aventuro sin su beneplácito, señor juez. Conozco muy bien la ley y lo que debe de estar pensando ahora mismo. En términos jurídicos, de justicia: las aguas siempre vuelven a su cauce. Así que me arrojo, me lanzo a entrar, a irrumpir en ese aparato, con un pie por dentro, luego el otro, usted entraría así en un sitio del que le han expulsado, casi a pisotones me meto o no del todo, se me deniega un poquito el acceso al principio, por lo que agarro el dedo de bruno y lo junto a la huella dactilar, también acerco su cara a la pantalla, abriéndole los ojos lo suficiente, maquillándole un poco los mofletes para recuperar el color vívido de antes, ya me entiende, y procuro todos los métodos que hagan falta para desbloquear un teléfono, con tal de introducirme entre sus mensajes, la galería, el caché, el centro de juegos, como si fuera el modo, la verdadera forma de entender las sinapsis neuronales de mi brunito.

Ahora que estoy dentro, pienso en la posibilidad de recuperar ya definitivamente la normalidad con tan solo subvertir el pasado digital de un móvil. Así que me pongo a eliminarlo todo, toda su historia personal con @paloma89, las fotos tomadas en la Sierra Subbética, qué demonios harían en la Sierra Subbética, en San Sebastián de los Reyes y Calpe, además de los vídeos en la barbacoa de un tal Arturo y las conversaciones y llamadas telefónicas que ahora ya nunca existieron flus. Luego, por elegancia, le escribo a ella, le digo @paloma89 he vuelto con mi novia, debo dejarte, estamos pasando unos bonitos días en la playa, lo siento, espero que lo entiendas. Y borro, por último, su número, su red social, su cara, su nombre ovíparo.

Y entonces engancho a brunito por el mango de la silla de ruedas, lo empujo calle abajo y me lo llevo a disfrutar de los últimos días del viaje que nunca hicimos. Nos metemos en el mar y cazamos cangrejos con las palas, hacemos dibujos en la orilla con un palo mustio que encontramos entre las rocas y nos tomamos todas las fotos hasta llenar el almacenamiento de su móvil, hasta obstruir su memoria, hasta hacerla solo mía, estrechamente mía, y chupamos calipos y bruno alarga el brazo con una medida, un ángulo, la apertura justa del diafragma, y ahí va otra selfie, entre espetos y cervezas, y las publicamos todas en sus redes sociales por si alguien alertara sobre su desaparición, por si alguien pusiera en duda lo felices que somos también en nuestra condición digital.

He aprovechado para saludar a su madre, para decirle periódicamente que brunito la quiere, sin excederme tampoco en la frecuencia, claro, por no levantar una sospecha. Le ha contestado que tiene muy buen aspecto en las fotos que le mandamos, y que últimamente le nota más atento, se enorgullece, y que nunca dudó de su buena educación y cariño, que es lo mejor que tiene de él.

Prueba n°25

27 de junio de 2021

Running is good for your health

Unas semanas antes del acontecimiento, de eso que ustedes llaman asesinato u homicidio, pero no hablemos en esos términos tan violentos. Como digo, unos días antes, a pesar de mi decepción, a pesar de mis ganas de romperle las meninges, con mucha paciencia me puse a inspeccionarle el móvil a bruno. Tuve que leer los mensajes porque estaba nerviosa, muy nerviosa, y el móvil le parpadeaba mucho, a cada rato, y mami, ya sabe, mami detestaba esa sensación del móvil vibrando, parpadeando, con mensajes sospechosos, mensajes a deshora, todo el rato tilín tilín, todo el rato tilíín tilííín. El caso es que descubrí por estos mensajes sospechosos a deshora que los dos, bruno y la cajera palomera, salían a correr por las mañanas, por las tardes, por las noches. Al parecer no se habían conocido en el supermercado, sino en una de esas actividades de jumping o running o. Y mamá me agarró por el brazo, me metió en la ropa elástica, jup jup, y nos echamos a la calle a correr también. Pam pam pam. ¡Más rápido, hija! Los vimos allí al frente, muy juntitos los dos, hablándose mientras hacían sus ejercicios. Yo me ahogaba mientras hacía mis ejercicios.

¡Un poco más rápido, flemática! ¿Llevas las zapatillas bien atadas? Mira que como tengamos que parar a atarte los cordones. ¡Sí, mamá! Y yo pensaba que era raro que bruno se metiera a correr, que era muy muy raro que bruno hiciera esas cosas por ¿amor? Por triscar, por empotrar, hija, por hacer los malabarismos del folleteo, por meter la picha en otros sitios. La gente que sale a correr, su señoría, no lo hace para ponerse en forma, qué forma iba a querer bruno ya a estas alturas. Es por aburrimiento. Todos lanzados a trompicones a las siete de la mañana compartiendo el sudor y el mal aliento. Con cara de cerdo, de pollo en una pollería, asados y apestosos, diciendo mira qué sanitos somos, pero la realidad es que en la intimidad de sus casas no tienen nada más que silencio y zapatillas de correr y esas mallas ridículas. ¿Crees, mami, que a Bruno le pasa eso? A Bruno le pasa que hay que cortarle el pene. ¡Venga! ¡Tres kilómetros! Me lo imaginaba en el salón, cambiando de canal, comiendo cheetos o gublins, luego una coca cola, cambio de canal, la bonoloto, manchándose las manos con dulce de leche de un gofre, la boca apestando a huevo podrido, otro canal, carglass caaambia carglass reparaaaa, y yo en algún lugar de la casa y los dos sin inmutarnos por estar compartiendo el mismo espacio, hola. Bueno, hija, en ese caso no me extraña que salga a correr, está gordo como un cachalote. Quería saber, me hubiese gustado saber por qué había empezado a tener esas rutinas, por qué no me llamaba para acompañarle, por qué no me invitaba, juntos a la orilla del mar, levantando los brazos, uno dos uno dos. ¡Venga! ¡Uno dos uno dos! Subiendo las rodillas lo más alto, y luego unas flexiones y a seguir subiendo una rodilla, luego la otra. No me importaba incluso ahora que la cosa estaba fea correr en medio de los dos, muy apretujada entre los dos, como para sentir al menos, otra vez, no sé, la carga electrizante del primer enamoramiento, aunque no me perteneciera ya, aunque no fuera mía, sino de ellos, ya no, sino de ellos. Tenía de repente un enorme sentimiento de generosidad o de desesperación, como si llevara el estómago por fuera, necesitaba conocer, ponerme a hablar con la otra. Hola, qué tal, ya llevas un tiempito copulando sistemáticamente con brunito, no? A veces un poco de socialismo no viene nada mal. Oye, estuve en tu casa, me diste un portazo en todas las narices, pero no te lo tengo en cuenta, en realidad no te lo tengo en cuenta porque a mí se me presenta una extraña así y le hago lo mismo o subo el volumen del televisor. Eres muy agradable. Mira qué bien, venir con el fresquito a pasar un rato los tres, de buena mañana, jop jop jop. ¡Derrapan por la derecha, hija! ¡Andando!

Y estuvimos saliendo a correr una semana, su señoría, y reconciliándonos con las agujetas, el calor, viendo de cerca cómo avanzaba eso de la relación extramatrimonial. Hasta que un día le dije a mi madre basta basta basta porque, más allá de ponernos fuertes y peleonas, esto no nos estaba sirviendo de nada. Pero ella tiraba de mí, me obligaba unos días más, un poquito más, a ver si había modo de. No sé, no sé qué quería exactamente mami corriendo detrás de él todas las mañanas, acostumbrarme tal vez a esa imagen, encender la rabia con esa imagen o puede que la vergüenza con esa imagen de Bruno con otra, y yo y mi madre detrás, yo todo el rato detrás, viéndolo a él lejos, imposible, pero un poco, aunque sea, de espaldas.

Y ahí fue cuando nos dimos cuenta: siempre habíamos estado viendo a la muchacha de espaldas. Mami, que no es ella. ¿Cómo? Que no es ella. Malparido. Anormal.

Ese día dejamos de correr. Ese día volvimos a casa, las dos machacadas. Se imagina que ya no solo por la musculatura, sino por sino por - pues por eso que pasa cuando a una le hacen sentir como la mierda. Y mi madre, ese día mi madre soltó todos los elementos, los deportes, la cinta elástica decathlon, los leggins y unas gafas azul metálico que se había comprado porque le escocían los ojos de tanto correr de tanto correr de tanto correr detrás de ese tontolaba. Me dijo muy claramente, me dijo que eso no se podía permitir, que con una ya era... con una ya es una payasada, a ver qué hace este ahora tan ocupado lamiendo tantas ubres, vamos a ver, y tú gimoteando por no sé qué cosa de la poca comunicación, de su soledad con esos gofres cochinos. ¿te ha seguido llamando? ahora que tiene manos para cinco seis siete vulvas y patatas deluxe ¿te ha preguntado si querías tú también? ¿si querías tú también salir a correr a brincar en otra cama? ¿no te ha propuesto darte su escroto al menos una tarde en compensación? y tú volviendo volviendo volviendo volviendo. Yo también volví tantas veces. Muchas veces. Todas las veces. Pero eso era un desfiladero. Y cuando se aburría, ¡je!, cuando se aburría, a ti y a mí nos llevaba como muñecas a exhibir a los restaurantes, donde hay támpax y perfume caro en el cuarto de baño. Nos poníamos el mismo vestido. Tú más pequeño que el mío, claro. Enjuta y pequeñuela en el vestido encogido de mamá. Allí ya supe, ya supe que te venía todo encima. La misma cosa de los hombres. Los mirabas desde la mesa, pillina, los mirabas, como examinando algo extraño y hermoso, y yo te pellizcaba los muslos, te apretaba con los dedos, el anillo asqueroso metido en el anular, te apretaba y estrujaba la piel del muslo para que dejaras de mirar a los hombres. Y mírate, el mismo cuerpo enclenque y desmejorado de tu madre. Yo te lo quise decir, eh. Yo te quise decir que. Pero me esperé a que crecieras un poco, o esperé a que todo se diera la vuelta. A veces tu padre me traía regalos, perfumes yves saint laurent, mi favorito, y luego me besaba muy sinceramente, y en esos momentos, solo en esos minúsculos y estúpidos momentos pensé que lo demás era una magnificación mía y que eso era de verdad de verdad de verdad muy de verdad.

Prueba n°26

21 de agosto de 2021

Cómo encestar un conglomerado de células en ti, amor!

Ya es el quinto chiringuito que visitamos. Bruno está torcido, no se sostiene con la consistencia de un vivo. Se le caen las gafas de sol, los brazos, el cuello parece una lechuga. Sabrá usted, imagino, que el primer cambio que se produce en un muerto tiene que ver con el color de la piel. El aspecto es lamentable. Pero hay tantos turistas desnatados que nadie sospecha en absoluto de su mala pigmentación. Lo preocupante es el después. El cuerpo se hincha. Obesidad mórbida, corregimos mamá y yo, lo que inaugura la destrucción progresiva de los tejidos. El proceso está siendo mucho más rápido debido al calor, ¿sabe? Por eso le hemos comprado uno de esos ventiladores chiquitos. Un utensilio fantástico que ralentiza el proceso de descomposición.

Yo me pregunto mucho si sigues siendo tú, Bruno, Brunito mío. Eres un pedazo de carne en expansión. Dudoso en tus formas. Te miro y me da envidia. Te miro y veo la continuidad del proceso que iniciaste con tus uñas. Más cortas. Un recorte de tu figura. Y yo no he hecho otra cosa, piénsalo, que contribuir a tu metamorfosis. Pero hubiera querido que nos embarcáramos juntos. Ahí me traicionaste, bellaco. Ahí tuve que tomar el control absoluto, amor. Quise desmontarte, así, sobando tus órganos, estudiando la plétora, el peso justo. Eres un cuerpo destruido, Brunito, te estoy haciendo un favor, Brunito, un cuerpo podrido, desfigurado, huido de su condición primera, condicionada. Es una verdadera liberación. Piénsalo un momento, párate y comprende. Yo te he desposeído, bruno. Yo te he devuelto a un tiempo tierno e infantil, anterior al nacimiento, muy antiguo. Un zigoto, ¡antes! Un feto elástico. Me he ofrecido a destrozarte para celebrarte primigenio y lindo. Todo es posible así. Pero tú no me dejaste. No, malo. Quise que viajáramos juntos al centro de la demolición, a un primer momento sin forma. Solos tú y yo flotando alejados de todo. Y tú no sabes que esta es la mayor muestra de amor que pueda entregarte nunca nadie, Brunito.

En todo este rifirrafe de averiguaciones internas, de lecciones de anatomía muerta, lo único que me preocupa, su señoría, es que ya no hay forma de que Brunito siga pensando en mí. De que Brunito me tenga muy dentro de su cabeza. Medito mucho sobre lo último que pensó. Si pudiera abrirle, meterme en su interior y averiguar. Siento todo el rato la urgencia de colarme dentro de su cuerpo, de ser lo último en quedarse en él hasta el fin de sus días. Como yo no tengo la capacidad de encogerme como un pulgarcito que pudiera entrar por sus fosas nasales, recientemente voy probando con objetos. Introduzco en su boca verduras, patatas y col de bruselas, nuestra comida favorita, y que se vayan cocinando dentro en su conjunto, también pruebo con mis sortijas de plata, pestañas, secreciones fáciles de encestar, saliva, flemas, elementos no muy gruesos ni muy aparatosos para que el esófago, para que su sistema digestivo, ahora algo vago, pueda cargar con esto que soy, para que todo Brunito sea un recordatorio exacto de su vida junto a la mía. Y pienso, querido, su señoría, pienso: como yo no pude embarazarme de ti, Brunito, hoy te embarazo de mí, y continúo con bragas, calcetines, brochas de maquillaje, los efluvios de mi regla, y Bruno es un auténtico parque de atracciones, gordo y hermoso, y así, es así como sostengo su cuerpo muerto con mi organicidad.

Yo renuncio a mi cuerpo, a mis contornos, yo me entrego como me entregué el primer día, por eso entro tan fácilmente en tu carne, amor.

Prueba n°27

1 de julio de 2021

Como en una reunión de vecinos, pero con las amantes de mi novio

Esto a mamá nunca se lo conté. No le diga nada, ¿vale? El caso es que cuando la vi así de afectada, después del episodio del running y el jumping, no tuve otra opción que salir a la calle, que lanzarme corriendo a la calle para, no sé, buscarlas a todas ellas, para, no sé, llamarlas a reunirse conmigo, no sé, para decirles oídme, ¿sí?, hoy vamos a hablar un rato. Quise meterme en el edificio palomino - ponerme las mallas y volver a correr detrás de la gimnasta - tocar la puerta del quinto piso - acercarme a su espalda - comprar unas espinacas - esperar a que me abriera confusa - pulsar su hombro sudoroso - decirles a ambas: hola.

Como no me atrevía a ejecutar ninguno de estos pensamientos, porque el desorden imaginativo es una cosa y el riesgo real, otra, sencillamente me metí en un centro comercial. Todavía inquieta, me puse a andar, aplastada por el ruido de la gentecilla, de sus malos hábitos, del nervio de la compra, puf puf puf. Arrastrada por ese torrente de tripas en expansión, tripas con hambre de todo, de pantalón tobillero de encaje, de vestido lencero satinado, chokers, pulseras de argollas, boston crème, zara red temptation, apple crumble, bright gardenia 90 ml y otros tantos etcéteras, yo iba dando tumbos, pum pum pum, mareada por la imagen de ellas dos coleando en mi cabeza, de ellas dos pasándose mi cuerpo como un balón de feria, de ellas dos enganchadas a mis brazos con ganas de salir de compras, ¡amigas del alma!, y me veía la cara en los espejos, en los cristales de los escaparates, así, muy ardiente y sedienta, ¿sabe?, imbuida por un placer extraño, por una náusea muy felina, lo quería todo, todito, tal vez para ahogarlas bajo las compras a todas ellas.

Así que para calmar esta quemazón, me metí más adentro aún, esta vez en una librería, señor juez, un lugar tranquilo, poco habitado, ni un alma, vaya, y me puse a leer, a coger un libro detrás de otro, bueno, a hacer como que leía, a ojear sencillamente, yo no sabía muy bien por qué estaba haciendo estas cosas, *Personas decentes*, *Esclava de la libertad*, *Después de él*, *Los pecados de nuestros padres*, qué carajo se vende ahora, estaba un poco desquiciada, solo quería calmarme y retroceder, sí, tal vez volver a casa, volver corriendo a casa, a ver a mamá en casa, recriminándomelo todo, la colada, el champú abierto, la cama deshecha, pero quería volver a casa y no sé por qué imaginé ¿está todo bien?, ¿y si se ha ido?, ¿y si con el enfado cogió la puerta y se tiró por un terraplén campo abajo?, ¿y si mami ya no existe y solo es un aglutinamiento de huesos?

Cogí un libro cualquiera, megan maxwell, elisabet benavent, qué fantástica lectura, y comencé a devorar, no las páginas así en plan metafórico, ¿sabe?, sino las esquinitas, comencé a doblar las esquinitas y a comérmelas, ¿hice eso?, a tragármelas, yo no sé si alguien me estaba mirando, su señoría, necesitaba parar eso, pero también requería de esa lámina fina, rica en celulosa y otras fibras vegetales, su señoría, que me calmaba el ardor, que me apaciguaba el estómago alteradísimo, y logré adivinar palabras, pocas palabras, gloriosas todas ellas, «los guapos se enamoran más», «mi príncipe se convirtió en un sapo y decidí que el romanticismo no era para mí», así con las manos temblándome por pura desidia, por puro desconocimiento, ¿qué me pasa, señor?

Y en una de esas, en uno de estos arranques de trastorno de ansiedad aguda, vi a una mujer rebuscando, como yo, entre los tomos de la sección de ocultismo. Era rubia, ancha, con un suéter azul que parecía apretarle como a un chorizo criollo. Se levantaba y luego volvía a sentarse y a fingir que leía, yo sé que disimulaba porque se mordía las uñas como yo, se lesionaba la carne como yo, en un acceso de euforia anómala, como la mía, y miraba la pantalla de su móvil, así, muy compulsiva ella, tecleaba cosas, help, sos, ayuda, no sé, digo yo, yo hubiera tecleado esas palabras, ¿sabe?, y luego volvía a levantarse. Estaba exasperada, y yo solo pensaba, ay, amiga, compartamos este concierto, no sé si es la presión de tu jersey, enganchado al cuerpo tuyo, al estilo de una camisa de fuerza, ¡por lo menos!, o son los aires de este monopolio del comercio, pero cantemos y gritemos la miseria, y no sé por qué lo hice, su señoría, ¡no sé!, pero me acerqué a ella, caminé decidida a ella, fingiendo facultades de dependienta, y le dije, muy firme le dije: buenos días, ¿le puedo ayudar en algo? La mujer ni me miró, se movió ansiosa, ¡mucho!, ay, pobrecilla, y cogió un libro y lo devolvió a su sitio, sin leer siquiera la contraportada. Me acerqué un poco más, sin intimidarla demasiado, solo quería saber qué clase de padecimiento, qué tipo de desconsuelo era el suyo, oiga, ¿está buscando algo en concreto? No, no, respondió deprisa, sin molestarse todavía en mirarme a la cara, ¿está segura?, y dudé, dudé un poco de su lenguaje físico, qué quería decirme con esos aspavientos forzosos, con ese rechazo rotundo a mi cuerpo, oiga, y entonces me vino a la cabeza el piso y el timbre, las mallas de decathlon, y ella me seguía mirando de reojo, sin levantar mucho la cabeza, el jumping y el running, y apartándose de mí como de un piojo, los muebles de caoba, la chaqueta de hombre, el portazo, ella pasando el dedo sobre las etiquetas, entonces sospeché. Me aproximé todavía más, sabandija, ¿tú también?, sospeché de ella, señor juez, ¿podía ser verdad? De pronto, pensé quizá toda la librería, quizá todo el edificio, tal vez toda la ciudad, ¿me entiendè?, había estado intimando con Bruno. Eso no podía ser así. Oiga, si me dice el nombre del autor o la autora o el título del libro, podré decirle si se encuentra en el depósito de la librería. Y la mujer, la amante, la primera esposa, ¡qué sé ya!, farfulló algo inaudible, como disgustada, y se perdió entre los anaqueles de la sección de libros de mandalas.

Desquiciada, me moví como una culebra, como una lombriz, ¡mami!, y solo veía caras de otras mujeres que no eran yo, caras de otras mujeres que podían haber estado copulando con Brunito. ¿Quién me aseguraba que eso no podía ser? Salí de ahí corriendo y me agarré a la barandilla. Se me secó la respiración, se me quebraron los músculos de las piernas y estiré el cuello, intentando averiguar si alguna persona en todo ese maldito edificio nada tenía que ver con mis fluidos genitales compartidos, ¿alguien? Y entonces lo vi, o no lo vi, tal vez fuera el mareo, el vértigo nauseabundo que me subía por el esófago, voy a vomitarlo todo, toda esta herencia, y allí estaba Bruno, de espaldas, con la nuca escondida, recortada por su pelito oscuro. ¿O era un señor cualquiera? Encogió el brazo y se metió algo en el interior de la mochila. Un libro. ¿El de Benavent? ¿Falcones? Mi Brunito, cleptómano ahora hasta la médula, muy bien, incrementando sus dotes de criminal.

Y parecía que iba a darse la vuelta, a mostrar el rostro. Un perfil afilado, borroso, atravesado por la luz puerca, artificial, que caía de los fluorescentes del techo. Lo miré mientras me preguntaba si tendría aún la misma cara o había seguido avanzando en su proceso de transformación desde las uñas. Su cuerpo eran dos líneas trenzadas en cruz. Qué remolino. Las piernas largas, la complexión delgada y un gesto torcido en todo su cuerpo, anticipando la morgue de después. ¿Me está buscando?, pensé. Brunito debe de estar buscándome. Y me imaginé allí, al otro lado del mostrador, saltando a su encuentro, acusándole de ladrón y oprimiéndole el brazo, llevándomelo a paso ligero, ahora zancadas, ahora corriendo, el pitido de las alarmas de la librería, piip, de todo el piso, piiiip piiiip, del centro comercial entero, piiiiiiiiip, y luego los dos saliendo airosos, entre silbidos y alarmas y sirenas, de esa imitación cutre del mercado de Trajano.

Prueba n°28

22 de agostooooo de 2021

Desde el útero escucho a 20 o 50 decibelios el latido del corazón, los ruidos intestinales y tu voz, mamá

La cara es una zona delicada. Mami tiene un rostro muy quieto, mal acostumbrado a la tranquilidad, a mí me entran muchas ganas de pegarle un zarpazo. Ella está insistente, dice que debemos hacer algo con brunito, rápido, aprovechar el tiempo, también me increpa, dice que vuelvo a pasar muchas horas delirando con el móvil, que deje de hablarle a usted y me ponga a cuidar de bruno, que se nos pudre. Me dice podemos ir a los cines de Garrucha, los tres juntos, apurar, ver una de disney. Yo, como imagina, rechazo todas estas proposiciones.

Mami tiene la piel opaca. Mientras habla nadie se puede dar cuenta de que su piel es una capa demasiado gruesa para ver el conglomerado de órganos y arterias que lleva por dentro. Mueve la mano y yo solo puedo imaginar un arroyo de venas cruzándola. Detrás de tantos tejidos hay sangre, tendones, vísceras, jugos gástricos. Detrás de tanta cautela, detrás de tanta rutina, debe de haber una mujer contaminada. Mamá lleva un collar y, debajo, una mancha violácea cubierta con algo de maquillaje. Allí es donde se te tensa todo, mami: papá, el pasado, los agravios, el parto. Me encantaría abrirte desde ahí. Deshacerte, plof. Quitarle la posible continuidad a todo lo que te pasó, mami. Y tú llevándolo ahí dentro, tan pancha y hermética, por el mundo vas con todo ese saco de malos eventos. No sé si con algo de nostalgia lo transportas a diario, o por tu fuerza, mami, por la fuerza y la dureza de un cuerpo que todo lo sostiene, mami. Eres una Sísifo vikinga, mami, o un escarabajo pelotero con su excremento. La cadena de mami se balancea en su cuello como un arpón.

Pero, como siempre, acabo desistiendo, me lanzo como se lanzan los bebés a sus madres, maaaaaaaami, y la acompaño al cine, a comprar palomitas, vamos los tres como una tierna familia a ver una comedia romántica, muy apropiada para el caso, nos reímos, jajaja, y brunito también, jajaja, hace así con la boquita, OOOO, se la abrimos entre mamá y yo, jajaja, y nos lo pasamos tan bien en esta quedada consanguínea.

En mitad de la oscuridad, me gusta meter la mano en el cartón de palomitas, las remuevo con los dedos, las agarro y las suelto, y los destellos de los fotogramas me iluminan, como fogonazos. ¡Qué placer! Más, más. Ahora que estoy sentada en el filo de la butaca, envarada, escuchando cómo Bety confiesa su amor a Christian, me pregunto qué clase de relación tengo con usted. Ni en la más optimista de mis fantasías podría decir que los dos hemos edificado algo sólido, convencional, burgués. Lo que nos une es justo una revolución contra todo. Nuestra relación se hace y se deshace, se lleva al límite, se pone a prueba. Pienso en usted. Las veces que entro en el preámbulo del contestador —el móvil está apagado o fuera de cobertura en este momento— me sorprende un ardor igual o mayor. No puedo respirar como quisiera, el aire es caliente, turbio. ¿Qué debe de pensar mami de todo esto? Está concentrada, dejándose convencer por una historia dulzona, indigesta. No como la nuestra, su señoría.

Mami tiene un perfil griego: mandíbula ancha, nariz recta y fina. Siempre proporciones adecuadas. La miro y deseo acariciarla. Solo por el placer de sentir una piel tan tersa. Quiero saber si es verdad tanta blancura, tanta belleza retenida. Quiero desabrocharle la falda o la camisa, soltarle el pelo, saber dónde esconde mami las imperfecciones. A veces, cuando su cara se ilumina, veo sal en sus labios. Deben de escocerle. Pero nunca desliza la lengua por fuera. Contener el escozor. Muy bien, mami. Pero es una mujer bella y limpia, sus ojos son azules. Solo por eso no puedo contarle lo nuestro con la morosidad del detalle. No quisiera romperlos.

Cuando volvemos a casa, me llama cochina y anárquica, la camisa arrugada, el pantalón medio desabrochado, y me reprocha todo el rato que no he prestado atención a la película, eres una desagradecida, marrana. Yo aprovecho para verla hervir, para comprobar la hinchazón de sus venas, unas pupilas pequeñas, diminutas, como virutas de caca de cabra, pero todavía quiero más, y entonces le golpeo en la cara una dos tres veces, y en la octava o la décima ocasión de pronto sufro el impacto. El calor de mi palma en su cara hierve también en mi rostro. Parece que su carne me devuelva, como en una transacción, lo que yo le entrego. Como si ambos rostros, el tuyo-mío, fueran las extremidades contrarias de una misma sustancia. Mamá-hija-mamá. No hay escapatoria.

De niña me escondía en su armario y le cogía las joyas, los pendientes y colgantes, los envolvía en un paño de tela y los lanzaba al suelo para pisarlos, para saltar encima, pum crash pum, y en cada sacudida me divertía crash pum y me afanaba pum crash pum y fantaseaba con su cuello y fantaseaba con sus orejas rotas, rotitas por mis pies crash crash pum, por mis pisotones, por cada célula de rabia que abandonaba en ese gesto, puuuuuum ¡pum!, y me orinaba encima, pipí tuyo-mío, mamá, con toda la composición de nuestro ADN que entregaba rotunda, puuuum, te obsequiaba así, desandando al origen, volviendo al regalo primigenio, el parto, la vida, mi vida coleando, otro golpe, un chorro directo al centro de mi herencia, y lo rompía, y me empeñaba en pisar más fuerte. Me duelo, me duelen los lóbulos, la vena cava, me duele todo lo que duelo en ti, mamá.

Y entonces, paro.

23 de agosto de 2021

Penetrar el pie desde la suela hasta el empeine

En realidad, echo de menos a brunito, quiero decir, la actividad de brunito, moviéndose por el mundo sin el remolque de mis brazos. A veces, de noche, lo miro muy quieto en la cama y me pregunto cómo puede hacer el amor un muerto, su señoría, qué clase de aspavientos y posturas puede reaprender un pedazo de carne.

Me pongo a levantarlo, a menearlo de los pies a la cabeza, a enseñarle otra vez a adelantar su cuerpo y a pasearse por la casa con la libertad de un vivo. Nos vestimos muy bien, con camisas de seda y pantalones de pinza, ponemos a Nat King Cole y damos zancadas, una dos tres, por todos los pasillos y el baño y la cocina, y vamos entrenando las funciones del cerebelo. A veces, cuando me aburro de su peso, me siento a su lado en la cama, lo empujo, lo coloco tumbado, boca arriba, le aparto el calzoncillo y examino su sexo, el vello púbico, los pelos dorados, admirables. Y en todo este adiestramiento, vamos cayendo de a poco en recordar nuestras intimidades, en repasarlas desde el principio.

Él empieza en el centro de la habitación, no dice nada, últimamente acostumbra a ser discreto. Al principio el muy chulo no me mira, a los ojos, quiero decir, pero hay algo de imploración, lagrimea como un chucho, y entonces se pone torpe y podría abalanzarse, decirme de todo, pero se agacha, se encoge a la altura de mi ombligo y me lo muerde como vaticinando qué sé yo, un fracaso. Son unos dientes encantadores, una mandíbula muy impaciente que se afana por retorcerme la piel un poco por encima de la ropa, ñam. Cuando la camisa se abre, miro muy fija esa piel ya transparente, enferma, y lo beso, y él me pone la mano en la vagina, yo le ayudo a poner la mano en mi vagina, dentro, fuera, y separo las piernas y agarro sus dedos y los devuelvo al interior, allí donde me gusta, donde debe gustar todo el rato, incluso cuando se intuye a un hijo dentro. Él empuja las caderas, los dos las empujamos, yo te ayudo un poco, cariño, y abro su mandíbula y agarro su lengua para facilitarle un rato el trabajo y luego me la meto yo fría y áspera en la boca, toda su saliva en mi boca, succionando los dientes y el paladar hasta provocarme una arcada. Es hermoso, conmovedor, los ojos entornados, imposibles de sostenerse abiertos del todo, un cuerpo que se desmorona, lo abrazo, lo hundo, es adorable, ¡tan tierno!, nos partimos en dos, las piernas se separan para siempre, y en ese momento quiero entenderlo todo, el dolor, la miseria, sé que está ahí dentro y siempre lo he confundido con un niño. Brunito me destroza un rato más y nos dormimos.

Prueba n°29

24 de agosto de 2021 jajajaj

Papá papu papo papi

Mamá ha acordado con Bruno inaugurar reuniones ociosas los viernes por la noche. Como es normal, él no tiene compromisos los fines de semana. Me inquieta el modo en que brunito, hecho un pellejo, se las apaña para pasar tanto tiempo con mami. Deben escucharse sus historias, sus necesidades, luego quedan en una cafetería alejada de la playa, en un parque o dan largos paseos por la orilla. Yo los sigo en silencio, los miro congeniar. No me explico por qué malgastan tanto tiempo ahora en conocerse, en charlar y fumarse cigarros. Brunito con la cara tiesa, los labios torcidos, mami abriéndole la boca para que responda, chupando nicotina, muy vivo. A mí me parece verles las caras más blandas de lo normal, no sé, con un gesto de enamorado. En un intercambio torpe, mami le regala prendas, lo veo, polos, camisetas hawaianas, pantalones de lino, chanclas del Getafe fútbol club, cinturones fosforitos, le arregla el cuello de la camisa, ¿desde cuándo bruno se pone esas cosas? Y él se deja agasajar y vestir por mi madre, desde la silla de ruedas se deja empujar por las manos de mami, enganchadas a sus hombros, a sus tripas, a sus vísceras, no lo sé muy bien, pero parecen un apéndice del otro, puaj.

Cerca de ellos, me deslizo como una lagartija, fiiiu, y a unos metros de sorprenderlos, veo un alcantarillado del que sale agua negra, sucia, con los barrotes desencajados. Me quiero estar allí un rato, desamparada de todo, ¿sabe?, del rescate o de los cuidados de una mamma. A modo de protesta o de emancipación, pienso en todas las infecciones, virus y microbios que podría contraer con tan solo sorber un poco, un pequeño trago, así, glup, viajando por mi cuerpecito indigesto, y me veo de repente el intestino como un sistema de cañerías, con un desfile de ratas, cucarachas, bichos enfermos, decrépitos, pringados de toda la mugre del subsuelo, y me lo repito una y otra vez, como si fuera una oración, ¡un salmo!, mientras me voy descalzando, cloacas, vertederos, desagües, y meto un pie, luego otro, hasta removerlos y notar los residuos chocando y juntándose a mí, con devoción me estoy allí más rato, más más más, quieta e inmóvil, mojada, algo fría por el agua, olvidada, lanzada del vientre materno. Luego, la arcada.

Y si me marchara, y si ahora desapareciera del paisaje, tomara un autobús a la ciudad, una bolsa de cacahuetes y a andar, y si dejara la maleta o la lanzara por la ventana y me evaporara toda yo, solo dejando a bruno brunito en el porche, la única rémora, el único residuo de mí. Y mamá contenta y feliz, saltando los dos a la comba en un descampado, y yo huyendo mucho, adiooooooooos, estirándome lejísimos. ¡Adiós! Ya veo la carretera, ya veo los coches atravesando, fiiu, los coches con prisa de muchos sitios, y otro, fiiu, y otro, y en ninguno voy yo. Vamos, cuándo levantar la mano, señalar con el dedo, y otro, cuándo detener el primer auto que tenga el hueco de llevarme, fiu, ya ha pasado el sexto y no lo he parado. Y si corriera, y si me lanzara a correr detrás de los vehículos y echara a la señora, al señor cascado, tómese una coca cola, hombre, le haría un favor, y me enganchara al volante y solo pisara muy fuerte el acelerador, y avanzara más y más, arramblando con todo, con árboles y pájaros de vuelo bajo, hacia dónde, solo por saber, solo por ver si se puede seguir un poco más.

Pronto me sacarían del coche, con cuatro manos, cinco, muchas, arrastrándome hasta la justicia, cuántas manos hacen falta para no dejarla correr a una los caminos de la sangre, déjenme, no hago nada para cooperar, he aprendido de bruno esa habilidad para quedarse perezosamente abandonado, muy sereno, y allá los cláxones y las sirenas y un grito de cerdo ahorcado, pero qué ha hecho señorita. Entretanto, dejando sobre mí el arrojo de las alarmas y los pitidos y los motores, me tumbaría en la cuneta, escuchando ese hermoso concierto, piiip, y más y más, piiiiip, ¡gracias!, ¡muchas gracias!, me pondría a contar los coches, todos los coches del mundo, cruzando por mi lado. Delante el tráfico y la ciudad; detrás, tú, mami, bruno; y yo en el medio, todo el rato, porque no hay otra forma, su señoría, no hay otra forma que estar siempre al filo.

Y entonces, solo en ocasiones así, me viene pensar en papi. Solo cuando ando muy sola, suelta y desbaratada, huidiza, me viene la imagen de papi cerca, un hombre, un extranjero, ¿quién?, un señor que camina decidido por la acera, papá, ¿oyes? Cuando me pregunto muy insistente si están todos fallecidos o con la posibilidad de morir pronto, veo a papi en todas las calles, a paso tranquilo, ni me mira, eh, solo él, papá, un inquilino allí lejos, ¿nos tomamos algo, colega?, una aleatoriedad en toda regla, eh, el azar de la biología y las noches de gin-tonic con pepino y hierbabuena al lado de mamá, y yo echando de menos todo eso, ¿el qué?, todo eso que hacías cuando yo tan solo era un zigoto y no te conocía de nada, ¿qué es papá?, y como digo, echándolo inevitablemente de menos porque estas cosas, por alguna razón hereditaria o espiritual, se añoran, papi, todo transmutado en la figura tuya tuya, todo ahí, ¡todo!, todo dentro, y ahora recortado en mi organismo, lo que no conozco está contenido en mi carne, inevitablemente en mi carne, te tengo, papi, todo tú celular estás aquí, papi, dentro de mi piel, encajado entre mis órganos y arterias, papi, ¡hola!, te llevo todo el rato, papi, estirado tú en mí, abro la mandíbula y me caigo en tu estómago, papi, y entretanto, qué quieres, asesino a los otros porque la única condena que traigo es no poder matarme a ti jamás, papi.

Prueba n°30

24 de agosto de 2021, bis

Todos a tu encuentro, papi

Yo he dejado de esperarlo desde hace ya mucho tiempo, señor juez. Aunque todavía a veces me da por ponerme en la orilla, cuando es muy de noche y solo está la luz del faro y las casitas, por probar una última vez. He visto muchas veces tu regreso, papi. No sé si desde la carretera, los chiringuitos o el mar, pero te veo viniendo hacia mí, con un regalo muy grande en las manos, la camisa abrochada y unas chancletas y un pantalón vaquero, y vas bajando del coche, a veces de un barco o una motocicleta, y sigues viniendo hacia mí y nunca se acaba tu llegada hacia mí, todo el rato vienes, así te vas acercando, pero nunca es suficiente y sigues caminando, muy alegre, y yo te espero, papi, con los dientes apretados hasta el cráneo, la piel picosa del montón de arena bajo el culo, la manita señalando aquí aquí, te espero en la orilla a que avances un poco más, imaginándome cómo va a ser el abrazo, ven, vamos, papi, y ya no se me ocurre otro modo que salir corriendo hacia ti y hundo los pies en la arena y corro muy lento hacia ti, papi, y tú, vamos, adelantas un pie sobre el otro, pero sigues muy lejos, no sé qué es lo que pasa, sigo saliendo a tu encuentro y nunca nos encontramos, y ya sé, ya sé, yo lo sé que estás regresando, que vas a volver, papi, si yo lo veo cómo andas regresando, pero qué debe de pasar que no hay otra forma más que ponernos todos a correr detrás de ti, papi, organizándonos a ambos lados de la playa, papi, lo ves, nos ves, mamá y yo corriendo como gacelas detrás de ti, saliendo en tu busca, mamá y yo corriendo y bruno en su silla de ruedas y hasta los piratas del bar y su señoría también viniendo a tu encuentro con cartelas y pitos y muchos aplausos, papi, esperando a verte llegar, para que al fin para que al final puedas decirme algo para que puedas decirme que cómo me las he arreglado para juntarme con tantos hombres que no son tú, papi, cómo me puse a llenar tu marcha desde bien pequeña, dime qué has hecho, hija.

Prueba n°31

24 de agosto de 2021, bis bis

Dos carros, tú y yo

Vuelvo, inevitablemente vuelvo, después de mi paseo por la carretera. Cómo iba a dejarlos aquí, en mitad de los souvenirs y las gambas. ¡Mami, mami! Y ahí está el carro, la sillita de ruedas, pegada a la sombra de un árbol, pero él no, brunito no está, una silla vacía sin nadie pudriéndola. ¿Cómo habrá podido salir? Se habrá escurrido, habrá echado a andar, tan elegante siempre en su forma, y se habrá metido en el agua y habrá aprendido a sumergirse, a flotar, con las brazadas que le mostré, izquierda, respiro, derecha, izquierda, respiro, derecha, y muy ágil nadando y tragándose toda el agua del mediterráneo se habrá hinchado como un cachalote hermoso, mami, libre y salvaje, llegando al final de su transformación, ¿no?, brunito.

No. Mamá se lo llevó, mamá lo ha agarrado y se lo ha querido llevar, pienso, su señoría, mamá ha visto el momento de secuestrármelo, de tomarlo consigo y huir con brunito muy lejos, porque si no, qué otra forma, qué manera hay de recuperar lo que perdió.

Y yo con el viento azotándome la cara, un viento castigador, un viento que es la palma de mamá sacudiéndome, desamparada, me pongo a mirar el mar, la desprotección de la costa, y me pienso avanzando hacia la marea, esperando a que algo que no es mamá me arrope, chapoteando y jugando en el oleaje como una niña, como veintitrés cromosomas, todavía nada más que un deseo de fecundación, y todo por favorecer el intercambio, por prometer que solo así, renunciando a mi parte del daño, a mi lado de la herencia, a mí entera, a mí, ÉL podía volver para mamá, con esta o esa otra forma, pero volviendo, al fin y al cabo. Porque mamá siempre puso por delante al hombre que perdió, pero yo también, su señoría, yo también lo estoy haciendo todo el rato.

Y me pongo a saltar y a brincar, loca, en la arena, pensando en mamá, en bruno, en papi, en el miedo a quedarme muy sola, a desvanecerme para siempre, en el miedo a haber venido al mundo muy sola, pero me echo a rodar y me lleno los brazos y las piernas de tierra mojada, como hacía de nena, maldiciendo y bendiciendo el día que me parí, el día que me echaste por el útero, mami, y aquí estoy, aquí estoy, desenganchada de todos, probando cómo me estoy en el mundo. Me pongo a jugar en la orilla, escarbo en la arena y me rasco el cuerpo, y así me voy metiendo los dedos, los dedos tuyos, míos, mami, en este hoyo en mitad de la fisionomía. Me divierto buscando, hundiendo las manos muy adentro, el dedo pidiendo que nos abra desde este agujero, como si todo, los acontecimientos y el perímetro que me separa de ti, mami, se pudieran medir en un pequeño hueco en la piel.

Me acuerdo de la forma exacta en que papi, bruno, quién más, nos abrían el sexo, y así separo las rodillas, así, mami, me esfuerzo por imaginar nuestras piernas, mami, muy abiertas, el pubis sonrosado, la vulva pequeña y encantadora. Y me pongo a explorar hacia el interior, escarbando, muy impaciente, dime, mami, dime dónde está el punto, dónde el paso, la desembocadura que llega hacia ti, mucho antes de que yo, mucho antes de que la ciencia echara a correr hacia mí. No paro, mami, dónde estás, mami, atrás, hacia atrás, intentando encontrar, no sé, sin miedo a hacerme daño, me río, qué daño a estas alturas, intentando encontrar el punto de inicio, donde tú te alargaste, mami, donde tú te duplicaste en mí, mami, y buscándote meto la mano, luego el codo, el hombro, la cara también dentro, me deformo, devorándome a mí misma hacia el interior, y ya en una postura inimaginable, las dos patas arriba, mami, las dos boca abajo, mami, rompiéndonos desde abajo, mami, nazco hacia atrás, agujereando el sexo con todo mi cuerpo hacia dentro, hasta estar absorbida, completamente absorbida, hasta que ya no sea posible caer más adentro de mí, dándole a todo la vuelta. Y entonces: tú. Otra vez tú. Como al comienzo. Para que ya solo quedes tú. Y yo no todavía, y nunca más yo.

Todavía entre piezadas y bandazos, corriendo y rodando hacia todas partes, delirante y mareada, de pronto lo veo a lo lejos, era imposible separarnos, lo veo. Ahí está brunito, tumbado a la sombra de otro árbol, sin silla, solo su cuerpo derretido. Parece un dibujo animado, apostado en el tronco, con esa sonrisa de bobo que se le quedó. Me acerco y está desplomado, las extremidades caídas sobre la arena, el cuello torcido. Por primera vez me da pena, ternura verlo ahí tan huérfano, un rato sin el arrastre de nuestras manos, después de los kilómetros y las vueltas, y me doy cuenta, no sé, ahora detenido en el suelo, sin la posibilidad de levantarse y andar, sin la falsa sensación de estar yéndose todo el rato, me doy cuenta de que está solo ahí, sentado, invadido por alguna hormiga en su ojo y la boca descuadrada, dejando entrar y salir insectos por la oreja, y él no las aparta, está simplemente ahí, con cara de lelo, derrumbado, todavía colgando de la solidez de alguno de sus huesos. Y me pregunto, su señoría, yo me pregunto, o se pregunta mamá, no lo sé, todavía estoy atravesada por la voz de mamá, todavía agarrada por su voz que es la mía, ahora que estoy a su lado, al lado de brunito, me pregunto, nos pregunto, por qué este empeño de llevarte a cuestas, por qué te empeñas, hija, le digo yo a mamá o me dice ella a mí, por qué te empeñas en arrastrar toda esta carne, en tener toda esta carne contigo, tonta, en resucitar a un cadáver, déjalo donde está, mamá, deja a papi ahí, olvídalo, no se puede arrastrar tanta carne, llevarla a cuestas, tanto todo el rato, esa es la pérdida, así nos fue dado estar, mami, en este lado de la derrota.

Déjate de bobadas, tonta, oigo gritar a mamá. Y allá que viene ella, entre los arbustos y las dunas la veo llegar, y me pide que lo tomemos entre las dos. Ella lo agarra con tanto cariño, con todo el daño del mundo, y lo llevamos en brazos como a un bebé, como a una parte más de nuestro organismo, inseparable, la extensión biológica de lo que somos mami y yo. Venga, idiota, tómalo fuerte, la silla no tira, luego la arreglo, vamos a tener que llevarlo un rato así, un rato entre tú y yo, un rato. Lo sujetamos muy fuerte, con miedo a que se caiga, me río y mami se ríe conmigo, sin mediar palabra nos desternillamos, con miedo a que se caiga quién, todos los hombres, nos llevamos a todos los hombres metidos en un mismo cuerpo, el de tu padre, el mío, mi marido, tu novio, todos aquí, agárralos, hija, agárralos, solo hoy tienes esta fortuna, la fortuna es tuya, la de colgarte, asegurarte su cuerpo al tuyo.

Y sorprendentemente nadie sospechó, su señoría, llevábamos un muerto a rastras, en procesión, solo faltaba la banda, y nadie dijo, nadie miró siquiera, qué importancia debía tener llevar un cadáver, un señor más en una playa más, debía de ser muy frecuente una imagen así, la de otro turista mamado y descompuesto en brazos de amigos y familia. No hizo falta siquiera pensar en excusas, es una colchoneta, señora, por quién nos toma. Algún niño jugaba a la bola y los padres tomándose sus mojitos, alguien paseaba a un perro, y nosotras sudadas y graciosas, así salimos triunfantes de la playa, con bruno en volandas, aupándolo gloriosamente.

Mami está concentrada en el peso, en repartirnos la carga, ella delante, yo atrás, agarrando los tobillos, ella al lado de su boca, absorbe el hedor, aguanta el olor cavernario de bruno. Y yo veo a mami centrada, esforzándose por no caer, admiro su fuerza, no sé de dónde le viene, es muy larga. Sé lo que está pensando, sin comunicárnoslo pensamos en el peso, en el gusto que tiene llevar tanto peso sobre nosotras, una consistencia dura y real con nosotras, no una ausencia. Papá se nos escapó, papá, en cambio, se fue, fiiiiu, ojalá con tu padre, diría mami, ojalá con tu padre hubiéramos hecho lo mismo, ojalá hubiéramos paseado así de felices por la playa en verano, así, imagínanos a los cuatro, dos carros, tú y yo, hija, imagínanos entrando en el mar los cuatro y chapoteando como una familia feliz. Tú empujando a bruno, yo a tu padre, contentas, tronchándonos de risa todos, chupando helados de mango.

Entiendo a mamá: cómo quejarse si esta es la única manera de conservar algo que no ha de terminar nunca. Yo lo pienso así, su señoría. A medida que se fueron apagando sus funciones primarias, las de brunito, yo me sentía más y más amada. Esos ojitos escuálidos de bicho de carretera. Ahora él ya ha rendido todas sus facultades a mí. Su cuerpo enteramente dirigido hacia mí. Así, con la cabeza inclinada, las rodillas orientadas hacia mi cadera derecha. La mirada cerrada en un único punto: yo.

Y así, ya en la casa de la playa, con la silla de ruedas reparada, lo tumbamos en la cama, y yo me estoy un rato, al otro lado, observándolo con el máximo cariño que se le puede profesar a un muerto.

Un cuerpo almacena muchos fluidos y órganos, su señoría. Por no hablar de los ruidos intestinales y el peso de los huesos. ¡Un escándalo! Ni sistema respiratorio ni digestivo. Ya no hay nada que pueda interrumpirnos. Solo yo al otro lado. Y ese otro cuerpo, ¡el suyo!, enteramente abandonado a mí. ¡Gracias!

Prueba n°7186764723652874619837643619 41

25 de agosto de 2021

un atropello una puñalada un tiroteo un ataque terrorista una manada de búfalas una turba de bisontes

Estoy pensando que, si Bruno desde el inicio se soltó de mí, si se desprendió concienzudamente de mí y se fue a enganchar con otras, tal vez se debe a que imaginó algo, tal vez vaticinó, quizá pudo sospechar. Me miró como a una delincuente antes de que yo me metiera en una categoría así. Adivinó de mí esta condición sanguínea, de criminal. Él me empujó a hacerlo al anticiparse en su pensamiento. Él me invocó así en un susurro que me vino por la espalda, por la cabeza, por la espinita dorsal, hasta por un calambre en la vagina. Supo que yo era esa clase de persona que sabía reaccionar de ese modo desquiciante a los acontecimientos, que no era buena buena buena del todo, que estábamos hechos de la misma materia inexacta. Me pone feliz pensar que mi brunito y yo tuvimos la misma capacidad de imaginar el delito, de tener un pensamiento tan próximo al delito, dos juegos paralelos y perversos, con sus vasos comunicantes. De modo que no es descabellado que yo, que mi madre, también carne de mi carne, que me parió con el crimen, no es tan desproporcionado que mi madre y yo hiciéramos lo que hicimos. Usted tiene que entender.

Mire, voy a contarle cómo ocurrió el incidente. Ya sabe usted todo. Ya puede usted comprender.

5 de agosto de 2021

Había venido Brunito a visitarme a la piscina el 5 de agosto, aquí, a Garrucha, a las vacaciones de la playa que mami y yo habíamos preparado, que mami y yo habíamos diseñado para alejarnos de todo, del dolor, para alejarnos de los delirios e infidelidades de un hombre. Pero él vino, insistió en verme, no sé si arrepentido o sencillamente por el capricho de volver a montarme, pero me dijo quiero verte, te echo de menos. Usted puede hacer de Brunito desde casa si quiere para imaginárselo todo, para entender. Es muy fácil, solo tiene que meterse en una bañera o si tiene cerca un estanque o una alberca, también, los pies al menos en remojo, y decirme házmelo otra vez, lo de siempre, y yo, a pesar de la sangre —mire usted, tenía la menstruación en ese momento, es un detalle, cómo un cuerpo como el mío podía ovular todavía, era una falsa sangre, ¿la ve?— y yo, a pesar de esta sangre, como le digo, le respondí que me introdujera los dedos. Ojalá pudiera usted haber estado allí, su señoría. Hágalo. Ponga su mano aquí, imagíneselo, en mi pubis, y entonces entre y salga con sus dedos, una mano pequeña salía de mi sexo. No sé cómo serán sus manos, su señoría, imagino que proporcionadas para repartir bien la justicia. ¿Podría en alguna ocasión mandarme una foto de sus manos? Y yo le pregunté si era normal que estuviéramos tan tristes los dos. Pero usted, quiero decir, brunito continuaba, usted me hacía el amor en el agua, a su señoría le gustaba hacerme el amor porque tiene miedo, a brunito, a usted le daba miedo estar solo, como a mí, y me hizo el amor desde atrás, apoyó sus manos en el bordecito de la piscina y me empujó, así, pum, así, pum, con las manos manchadas en el bordecito de la piscina, pum, dejó huellas rojas por el charco de mi regla, ya va viendo esa condición criminal de la que hablaba, me penetró desde atrás para no mirarme a los ojos, porque en realidad usted y yo, brunito y yo no gestionamos bien la culpa, parece que sí, pero en realidad usted y yo. Yo no sé por qué le pedí que me siguiera destrozando, como llevaba haciendo hasta ahora, y usted, digo, brunito entraba y salía con violencia, mientras yo le hablaba, le hablaba mucho, quizá no me escuchara o hiciera como que no escuchaba, pero yo le decía que los días no eran tristes, le decía que mi madre y yo llevábamos una tristeza de hacía tiempo en el cuerpo, que solo procedía de esta estirpe de mierda, y que por contagio la podía tener usted ahora, que por contagio. No debería haberse acostado conmigo, brunito, su señoría.

—Menos dramática. Te pones muy intensa, hija.

Y entonces me pidió usted, brunito, no sé, que lo besara un poco más. Le dije sí, sí, pero antes me acerqué al cuarto de baño porque me hacía pipí. El pasillo estaba oscuro, me daba miedo resbalar. Mientras meaba, me lo imaginé a usted, a brunito, nadando en mi piscina, con mis manguitos y colchonetas de plástico, usted, un hombre tan exquisito, solicitado, ahora andaba en bolas en mi piscina, con el pene inflado y erecto de meterlo en tantas vulvas, pero ninguna como la mía, obediente y leal.

Entre meo y meo, me sobresalté en el váter, un susto, ¿qué haces aquí? Toma, hija, te he traído lubricante y un cipote de plástico que te lo colocas por dentro y le das a encender. Puedes meterlo así, con los dedos, empujas. Da gustito. Por si acaso, te he traído el dilatador anal. Dile que te tienes que ir. O que se vaya él. Puedo decírselo yo. Toma esto. Te va a venir mejor. Te lo metes dentro. Y así terminas tú sola. Tómalo y lo haces aquí mismo, yo te ayudo. Mi madre tiene la mala costumbre de interferir, y a usted lo había dejado en pelotas en la piscina. Déjame, mami. Salí a la nevera y, cuando fui a coger algo de beber, una fanta o una coca cola light, no sé por qué, pero pasó. Pensamos mi madre y yo, a la vez, así de rápido.

—No, ya no más. Por ahí no. Eso no lo cuentes así.

Bruno seguía en la piscina, flotando como un cerdo, desnudo y pancho daba brazadas muy torpes. Estaba tierno y bobo, así, dejándose empapar por el agua y el cloro. Y nosotras lo miramos conmovidas y ardientes, y lo supimos muy bien.

—¿Estás tonta? Así nos la vamos a cargar.

Nos lanzamos hacia el jardincito, corriendo hacia el jardín, muy rápido, cruzamos la piscina, por poco me caigo, y metimos las manos, las dos manos bien al fondo de la piscina.

—¡Ya basta! Cuelga el teléfono. Deja el teléfono. ¡Dámelo! Lo voy a tirar por la ventana. Lo voy a soltar.

—¡Mamá!

Espere, su señoría. Estoy tratando de…

—Mamá, devuélvemelo, me vas a dejar contarle al señor juez…

Mamá lo empujó hasta el fondo, mamá y yo lo estrujamos hasta el fondo, con las colchonetas y los juguetes de niña, hasta debajo de todo el líquido de la piscina, como un bebé en la placenta lo devolvimos al flujo amniótico, a la gestación, tragándose toda mi infancia, todos los flotadores y juguetes y augurios y todos los años despilfarrados amando inútilmente al hombre.

—Te callas la boca, estúpida. ¿De qué sirve entonces todo lo que hemos hecho? ¿Eh? Siempre jodiendo. Desde tu mierda nacimiento. Mierda. Me salió mierda del culo.

—Brunito, nos vamos. Tú, mami, te quedas aquí.

—¿Se te ha averiado el cerebro o qué te pasa? Las dos lo hacemos bien. Tú eres una temeraria, idiota. ¡Dame el móvil!

LLAMADA INTERRUMPIDA

.

.

RECONECTANDO

CONTESTADOR: «El teléfono móvil al que llama está apagado o fuera de cobertura en este momento. Si lo desea, puede dejar un mensaje después de la señal. Piiiiiip».

Perdone la interrupción, su señoría. Salgo de la casa de la playa (nos hospedamos en el apartahotel de la calle Corneta, 4, muy cerca del supermercado Dolores). Salgo, como digo, con Brunito en la silla. ¿Oye los ruedines? He encerrado a mi madre con llave, como una fiera, una mamífera, porque no aprueba esta correspondencia, y me he ido un rato. Se está bien aquí fuera, hace tiempo que debería haberme separado de verdad. Ni siquiera me ha costado. Ella por supuesto no me ha respondido, no me ha dicho adiós, hija, adiós, mi niña. La he encerrado y me he ido con la llave, la he encerrado en casa, una casa de paso, pero es una casa como todas las casas, una casa chiflada, demencialmente chiflada, muy chiflada, allí dejo a mamá cantándome a mamá explotándome los granos de la cara a mamá contando el número de orgasmos a mamá a mamá a mamá.

Su señoría, cuando desde el fondo del agua le di de beber a brunito, toma, cariño, le di de beber de toda mi juventud, refresca, de la porquería de niñez, con los cubos y las palas y los elastiquitos, yo supe que todo había acabado allí. Él me miró con esos ojitos de perro apaleado, él sabía lo que le venía ahora, que su juego había terminado chimpún. Me cedió el turno, por eso bebió, su señoría, por eso cogió aire y se metió todo el agua por dentro de la garganta, así, glop glop glop. Él había disfrutado como en las máquinas tragaperras, como en los coches de choque, como un crío estúpido y consentido. Y mi brunito se fue atragantando muy silenciosamente, qué bien lo hizo mi brunito, ¿a que sí, mi amor?, se fue asfixiando sin llamar mucho la atención, la justa, la suficiente para que lo sacara de ahí y lo tomara en brazos y le dijera shhhh. Ensaye, su señoría, conmigo. Así nos fuimos cayendo los dos, mi brunito, así nos fuimos tumbando hacia el césped, primero una pierna doblada, luego la otra, solo hacía falta un empujón, un pequeño empujón más, y su cara blanca como la nieve, su cara blanca como la leche, su cara blanca como la lefa que me había metido en una tripa muerta muerta muerta como tú ahora brunito como tú. shhhhh.

Prueba n°$^{\varphi\beta\gamma\delta}$

25 de agosto de 2021

Fiiiiiu

RECONECTANDO…

Cariño, date prisa, así con los piecitos bien puestos en el sillín. No me los arrastres todavía, que nos tropezamos. Mamá no sabe. No sabe lo que hace. Es una incauta, anciana. Yo solo quiero que el señor juez entienda, que el señor juez comprenda que aquí todo está dialogado, ¿a que sí, cielo? No, mamá no va a pensar en mí. Ni aunque me queme en un incendio o me esté mordiendo una serpiente. Mamá si echa de menos a alguien es a ti, a alguien que le hace un poco de caso, que la escucha bien. No a una hija estúpida que encierra a las madres para que se callen, para que cierren la boca y dejen a sus hijas un rato, un segundito, pasear por el campo. Nadie lo ha hecho en todo este tiempo, brunito. En todo este tiempo he estado tristona. No soporto el olor a casa, a familia. Estar enamorada de ti, decidirme a hacer este viaje contigo me ha hecho sentir como una niña sola solita. Una huérfana con otro huérfano. Cogiditos de la mano, separados de las reuniones de pascua, del asado navideño. Nos salimos de la línea, fiiiiu, como

141

dos terroristas. Se trata de que te importan un bledo las consecuencias o que las conoces y aun así haces lo que quieres y yo hago
lo que quiero. Y nos hemos salido con la nuestra. Nos salimos
durante un tiempo con la nuestra. Luego quisiste salirte con más y
más y más. Eso me pareció un poco mal porque me dejaste otra
vez en el nidito, me metiste en el nidito, así, pum. Con mi mami
otra vez en el nidito. Por eso, en verdad, a mi hija nunca pude conocerla, a mi hija no quise conocerla nunca, a mi hija solo pude
imaginarla deprisa muy deprisa para borrarla. Para que no saliera,
fiiiu, y tuviera que volver al nidito. Yo creo que no hay una sola
forma de morir. ¿Tú crees que sí, brunito? No muere uno y los
demás lloran. Muere un individuo y puede morir otro por contagio. Mi hija no vino al mundo porque yo ya estaba muertita desde
hacía años por dentro y tú también lo ibas a estar muy pronto.
Nuestra muerte fue su muerte. Como yo nunca la quise del todo,
ella supo que iba a venir por error y del mismo modo se fue. Plof.
Papi me enseñó muy bien esto. Papi me enseñó que había que
hacer grande la familia, procrearla, hacerla inmensa. Y a mí me
pareció bien. daysy ana lena myriam nora gladys sasha sara sofía
tatiana silvia zaira entraron jop jop jop a casa y papi la hizo grande
monstruosamente grande. Yo ya me perdía corriendo entre leire
mara estefanía yo ya me perdía en una familia tan tan tan carmen
paula sandra amanda irene, pero siempre acabo caminando como
arrastrada por una cuerda o no me queda claro quién arrastra a
quién. Como por un cordón umbilical que al final me lleva te
lleva una y otra vez una y otra vez a ti a mí mami. Allí está. Ya la
veo. Se ha salido con la suya. Una vez más se ha salido con la suya.
Allá viene encendida, con un mechero encendido, allá viene como
envuelta en fuego, con mucho fuego quemándola.

25 de agosto de 2021

Como en la fiesta de San Juan

RECONECTANDO...

¿Escucha, su señoría?:

Déjate ya de ñoñeces. Sal ahora mismo de ahí. Quítate las ramas y las hojas y deja a Bruno tumbado, a este zopenco tumbado aquí. Se acabó.

Yo la obedezco muy tranquila, muy sumisa, yo sé lo que dice mami, ella sabe lo que hay que hacer. Encendemos la leña, las ramas y se hace un fuego grande y calentito. Lástima, hija, que no me diera tiempo de hacer lo mismo con tu padre. Aquí. Quietecito. Viéndote crecer como dios manda. Toda la playa huele a bruno, pero como bruno olía siempre, sin el perfume, sin la colonia apestosa de la deslealtad. Nos calentamos las manos, que refresca, a la noche refresca, asamos nuestras salchichas, nuestras nubecitas de golosina, y cuando el fuego está frío, cuando todo está calmado y ya andamos serenas, procuramos coger todas las ascuas y todas las cenizas y transportamos a Bruno más cómodas, mucho más cómodas que antes. Mi madre cuidando de que no se le caiga un solo grano, un solo grano a la arena, porque quién iba a distinguir a un muerto de la tierra donde juegan los niños.

Prueba última (¿¿)

25 de agosto de 2021

o era el año 33 a. C.
¡sabe dios!
(fue un año común comenzado en sábado, domingo o lunes,
o un año bisiesto comenzado en domingo –las fuentes difieren,
su señoría– del calendario juliano. También fue un año bisiesto
comenzado en sábado del calendario juliano proléptico).

Aquí le iba a poner a usted una cita del juicio final pero no me acuerdo muy bien

Voy a dejarle este último mensaje, su señoría. Ya regresamos al fin mi madre y yo de la playa, ha sido un viaje cansado, muy largo, y nos duelen los pies, ¿recuerda que le hablé de las secuelas físicas? Ahora nos han salido ampollas y parece que los deditos empiezan a sangrar. Está lejos el mar, ¿sabe? Llevamos todas las pruebas cargadas aquí, fotos, vídeos, documentos, los mensajes al contestador, etc., en DVD, que era más barato que el pendrive. Sé que se los mandé por correo, pero a estas alturas no tengo muy claro que ese sea su correo. Hemos tenido que caminar mucho para llegar hasta aquí, cruzar el bosque, la arena. Las ramas enganchadas y las espinas son un fastidio para la ropa, para las piernas. Tendré rozaduras hasta hasta en. Veo a un hombre. Parece mi padre o bruno o uno de esos piratas de bar de costa. Pero es más joven que papi, un poco mayor que brunito, más agraciado que los turistas. Estoy casi segura de que son las dos menos cuarto. Son las dos menos cuarto porque se oye a la gente feliz. Debe de ser domingo. Suena música desde dentro de las casas, en los jardines. Están bailando, jugando los niños, qué bonito todo, ¿verdad? Y huele a barbacoa. Mami, debe de ser él porque está repartiendo muy equitativamente las pechugas. Qué compromiso con la justicia, sí, señor. Huelo el asado, huelo la carne guisada, las verduritas salteadas con un poco de cebolla y ajo. Mami, ¿tienes hambre? Llegamos a la casa y llamamos a la puerta.

—Hola.

—Hola. ¿Les puedo ayudar?

—Qué bonita casa.

—¿Perdón?

—Su casa es bonita. Huele muy bien. ¿Es asado?

—Qué.

—Solo preguntaba si lo que están cocinando es asado.

—Sí, estamos celebrando.

—Nos encanta la carne.

—¿Puedo hacer algo?

—¿Es un cumpleaños?

—De la nena, sí. ¿Necesitan alguna cosa? Tengo que volver.

—Pasábamos por aquí y hemos escuchado la música y…

—¿Viven por la zona?

—Nos mudamos. La semana que viene. Estamos viendo.

—¡Ah! ¿En esta calle?

—Allí, muy cerca. En la paralela. Es estupendo el barrio.

—Un barrio muy bonito, sí, hija.

—Le hemos traído un regalo.

—Un regalito de nada.

—¿A mí?

—Sí. Tenemos por costumbre…

—Queríamos conocer a los vecinos, obsequiarles con una tontería.

—No pesa mucho. Tómelo así, por las asas.

—Muchas gracias. Es un detalle. ¡Calcetines, mira, Calcetines!

—Un perro muy lindo.

—Muy agradable.

—Ya nos veremos por aquí entonces.

—¿Calle Flor de Papel?

—¡Sí, esa! Era esa, ¿no? ¿Mamá?

—Sí, sí, tenía nombre de vegetal.

—Es una zona fantástica.

—Lo es.

—Es usted muy amable.

—Tienen el supermercado cerca, los parquecitos de perros a mano derecha, una explanada con toboganes y columpios, la parada de bus justo enfrente.

—(inaudible) (siento mucho que no quedara grabada esta parte de la conversación. Es probable que aquí el teléfono se moviera dentro del bolsillo. Se oye un ccchhhh, shsshshhs, crrrrr, bbbfbfbfb. Pero usted estuvo glorioso, muy adorable todo el tiempo).

—(inaudible)

—(inaudible)

—(inaudible)

—(inaudible y una risa)

—(inaudible)

—(inaudible)

—¿Quieren pasar entonces?

—Oh, no, no, no queremos interrumpir.

—Por favor. Así van conociendo a los vecinos. El cumpleaños es de Laurita, la hija de los Lora, que viven en el bloque de al lado.

—Muy amable. Un placer.

—Es usted encantador.

—Siéntense allí. Hay sitio de sobra.

Y no sé por qué, su señoría, esto nunca se lo diré, su señoría, pero cuando ya nos sentamos a la mesa y lo tuve delante, al fin cerca, muy cerca de mí, y mi corazón bombeaba tan aprisa que que que casi explotaba yo de la felicidad de tenerlo tan cerca, me preguntó si podía pasarle una pizca de sal, una pizca de sal así, hizo con los dedos así, muy poquita sal. Y entonces, sin que usted se diera cuenta, metí la mano en el bolsillo, allí donde guardaba una quinta parte de brunito, una zona confusa, tal vez el brazo, el hombro, entonces le di a degustar esa parte abrumadora de brunito, no sé muy bien por qué lo hice, tal vez para que, no sé, para que cuando escuchara al fin mis mensajes, para que cuando terminara de atender a mi historia, usted sintiera por un momento la intoxicación de la que le hablo, la de llevar un cuerpo, la pesadilla de llevar un cuerpo a rastras durante generaciones, un cuerpo metidito a traición durante generaciones, del que una puede incluso acabar enamorándose.

No tengo nada más que alegar, su señoría.

Se despide con amor,

C.

FIN DE LA LLAMADA

AGRADECIMIENTOS

Quiero agradecer a Sara Barquinero, Mariña Prieto, Pedro Fano, Diego Pinillos, Jorge Velasco, Pablo Baleriola, Miguel Ángel Casau, Khadija El Fhal, Lluna Issa-Casterà, Alba Moon, Álvaro Cruzado, Elizabeth Duval, Rocío Simón, Laura Rodríguez, Luis Fernández, Chío Torrero, Marcos Callejo, Íñigo Guardamino, Isma Lomana, Luis Niño, Álvaro Macías, Biel Matas y Caterina Muntaner el apoyo para la escritura de esta historia seria de crimen y castigo, con una dosis de romance, por supuesto. Y por resucitar a Bruno Arriaga en alguna de nuestras fiestas, con silla de ruedas incluida.

En particular, gracias a Sara, por leer cada uno de los capítulos periódicamente. Sin todos sus consejos, el resultado hubiera sido algo más penoso.

A Carmen Adrados, Íñigo Rodríguez-Claro y Javier Patiño, por juntarnos una tarde de cervezas a leer en voz alta el texto primigenio.

A Amaiur Fernández, mi agente, por contar conmigo desde 2018.

A Luna Miguel. Sus recomendaciones y su generosidad son amplísimas.

A Mónica Ojeda. Ella, su amabilidad y sus libros son una suerte.

A Carme Riera, mi editora, por creer seriamente en cada uno de los desvaríos de este texto. Cuando estuve a punto de lanzar la idea por el retrete, un mayo fatídico de 2022, ella confió. Y ahora parece ser un libro.

A mi familia. Siempre recibo su apoyo en este oficio raro. Gracias, en especial, a äiti, por pasarnos a Sonia y a mí esta sangre vikinga.

A la biblioteca de Garrucha, por ampararme ahí durante el verano de 2021.

Y a Alejandro, por acompañarme siempre en estos delirios rabelesianos y en todo lo demás. Si no me hubieras ayudado a agenciarme *Gargantúa y Pantagruel* aquella tarde de diciembre, tal vez esta novela se hubiera escrito igual, pero ahora tenemos dos ejemplares.